ベリーズ文庫

拝啓、親愛なるお姉様。裏切られた私は王妃になって溺愛されています

友野紅子

STARTS
スターツ出版株式会社

目次

心優しい侯爵令嬢

ティーナ

シェルフォード侯爵家の次女。
魔力は弱く、あがり症。
敬愛する姉に比べ、自分には
何の取り柄もないことを
申し訳なく思っている。
実は光の精霊に祝福された
『いとし子』だが自覚はなくて…。

闇の精霊

ザイオン

精霊の中でも光に並ぶ
最高位の精霊。
人語を話せて、
ファルザードと共に
暮らしている。

闇の精霊の加護を
持つ魔太子

ファルザード

デリスデン王国の前国王の子で
王位継承者だったが、
訳あって王家から離れ公爵として
ひっそり生きている。
周囲には知られていないが、
王太子を凌ぐ強力な魔力と、
闇の精霊の加護を持つ。

光の精霊

ララ

嵐の日に倒れていたところを
ティーナに拾われた。
子ネコだと思われているが、
本当は光の精霊。

拝啓、親愛なるお姉様。裏切られた私は王妃になって溺愛されています

Character

ティーナの姉
マリエンヌ

華やかな美貌を持つ
シェルフォード侯爵家の長女。
才色兼備で社交界の華。
魔力の保有量も多く、ティーナが
尊敬する「完璧なお姉様」。

孤児院育ちの少女
ミリア

孤児院で暮らしている少女。
ぶっきらぼうな態度だが、
優しい性格。幼い子たちに
服を買ってあげるため、
花を育てて売っている。

デリスデン国王
ジンガルド

前国王の弟で、ファルザードの
叔父にあたる。
前王が亡くなった13年前、
ファルザードの年若さなどを理由に、
半ば強引に王位に就いた。

王太子
ジェニス

ジンガルドの息子であり
デリスデン王国の王太子。
孤児院に慰問に行った際、
ティーナが『いとし子』だと
気づいて娶ろうと企む。

拝啓、親愛なるお姉様。
裏切られた私は王妃になって
溺愛されています

【第一章】侯爵令嬢と拾った子ネコ

うららかな春の昼下がり。

吹抜けからの採光を受け、クリスタルのシャンデリアが複雑な光を放ってきらめく。シェルフォード侯爵（こうしゃく）家の居間には、マリエンヌお姉様が奏でる美しいグランドピアノの音色が響き渡っていた。

私は広い居間の一人掛けのソファに腰を下ろし、膝の上で微睡（まどろ）む愛猫（あいびょう）のラーラの背中を撫（な）でながら心地よい旋律に耳を傾けていた。その時。

——カツン、カツン。

ピアノの音に混ざるように、廊下から小さな足音があがるのに気づく。

聞き慣れたリズムから、貴族議員を務めるお父様の帰宅を察し、ラーラを抱えてソファから立ち上がる。出迎えようと私が扉に手をかけるより一瞬早く扉が開き、お父様が顔を覗かせた。

「お、おお。ティーナか、ただいま」

お父様は扉の真ん前に立っていた私に少し驚いた様子だった。

「おかえりなさい、お父様」

「わざわざ出迎えてくれたのかな。ありがとうよ」

お父様は優しく私の頭をポンポンと撫でながら、労(ねぎら)ってくれる。その行動は一見いつも通り。けれど、どことなくそわそわしているのを感じた。そうしてお父様はいつもよりちょっぴり早く私の頭から手を引くと、居間の奥に視線を移し、ピアノに興じるお姉様に向かって口を開いた。

「よくやったぞ、マリエンヌ！」

興奮気味なお父様の声を受け、ピアノの旋律が止まる。お父様はさらに言葉を続ける。

「城で王妃様にお会いしたら、先日の茶会でお前が粗相した侍女をさりげなくかばったところを見ていらっしゃったらしくてな。それはそれは褒めていらっしゃった」

「まぁまぁ！　王妃様にお褒めの言葉をいただけるなんて、なんて素晴らしいんでしょう」

居間と間続きのテラスで趣味の刺繍(ししゅう)を楽しんでいたお母様が即座に反応し、喜色に弾んだ声をあげた。

ところが、当のお姉様の反応は実にあっさりしたもので。

「嫌だわ、お父様もお母様もオーバーよ。……お茶をお願いできるかしら？　お父様はお勤めから帰られたばかりだから、リラックスできるようにハーブブレンドの紅茶にしてちょうだいな」

お姉様は困ったように微笑してピアノの前から立ち上がると、控えていた使用人にそつなく人数分のお茶の用意を言いつける。

「さぁ、お父様。今日は早くから議会に参加されてお疲れでしょう。こちらでお茶でも飲んで、まずはひと息つきませんこと？」

お姉様はドレスの裾を華麗にさばきながら居間の中ほどまでやって来ると長ソファに腰かけて、お父様に微笑みかけた。さりげない仕草や表情、お父様への心配りや使用人への態度も、どれをとってもお姉様は洗練されていた。

「それはいいな。ちょうど喉が渇いていたんだ。みんなでお茶にするとしよう」

お姉様に促され、お父様がお姉様の右隣に。お母様は、お姉様を真ん中にして左隣に並んで座った。

腰を落ち着けると、お母様は嬉々として先ほどの話題の仔細を聞き出そうとする。

私は少し手持無沙汰にその様子を見つめる。

「ちょっと、マリエンヌ。さっきのお話、なにがオーバーなものですか。王妃様から名指しでお褒めの言葉をいただくなんて、そうそうあることじゃないわ。お茶会でのこと、もっと詳しく聞かせてちょうだいな」

「そうとも、私もぜひ聞きたいね。議会の後、まだほかの議員たちも多く残る中でお前の名をあげられて、本当に鼻が高かったよ」

興奮を隠せない様子の両親に、お姉様は弱ったように口を開く。

「そうは言っても、たまたま気づいてほんの少し手を貸しただけで、そんな大層なことはしていないのよ。それにしても、まさか王妃様に見られていただなんて。……なんだか恥ずかしいわ」

今だけじゃない。我が家の話題の中心はいつだってお姉様だ。だけど、それを寂しく感じたことは一度もない。

二歳年上のお姉様は、私の自慢だ。両親から受け継いだ光を紡いだような金髪と深く鮮やかなブルーの瞳、女性らしいまろみを帯びた体形、スラリとした長身も。お姉様を彩るすべてが美しかった。さらにお姉様はピアノの名手でもあり、淑女然とした優美な立ち姿と機知に富んだ会話術で社交界の華と称えられていた。

鉄錆みたいな赤い色の髪と色褪せた青目、この国の女性の平均よりも小柄で貧相な体つきで、取り柄のひとつもない私とは対照的だ。

「本当に、マリエンヌは謙虚なんだから」

「まったくだ。いずれにせよ、私は誇らしい限りだよ」

両親はふたりともお姉様とよく似た色の瞳を細めて、ほくほく顔だ。

私もお姉様のように、ふたりの色彩を受け継いで美しく生まれついていたらと何度思ったか知れない。

だけど、たとえ見た目をなぞらえたところで私はお姉様のようにはなれない。極度のあがり症で、社交の場に立つと表情が硬直し、まともに声も出せなくなってしまう。こんな性格では、見た目うんぬんのそれ以前。これでは社交界に出たところでいい笑いものだ。

だから、その美貌ばかりでなく、内面に優れ、魔力の保有量だって多い。すべてにおいて完璧なお姉様は私にとって尊敬の対象であり、うらやんだりやっかんだりする余地などない。

この国では人は皆、大なり小なり魔力を持っており、そのレベルが高い方が尊ばれる。総じて平民より貴族の方が魔力が高く、血を濃く保ってきた王族は特別高い傾向にある。ところが、侯爵家という上位貴族の生まれでありながら、私には雀の涙ほどの魔力しかなかった。

我が国の生活や産業の基盤となる設備はすべて魔石のエネルギーで稼働しているから、その点で不自由はないのだ。

……だけどそう、一家の中で私だけがみんなと違う。その事実が少し切ない。

私は扉の近くに立ったまま、しばし肩寄せ合って盛り上がる三人をまばゆい思いで眺めていた。

すると、お姉様が立ちほうけている私に気づいたようで、笑顔で手招く。

「あら。ティーナったら、そんなところに立っていたの？ さぁ、あなたもこちらに来て一緒にお茶をいただきましょう」

「はい、お姉様」

私は慌てて対面のソファに腰かけた。

「ふふふ。誇らしいというなら、ティーナこそよ。泥にまみれて打ち捨てられたボロボロの子ネコを手ずから介抱して育てるなんて、なかなかできることじゃないわ。心優しい妹を持てて私は幸せよ」

お姉様が私の腕の中でうとうとと微睡むラーラを見つめて告げた。

「……お姉様」

お姉様はいつだって私が家族の会話の輪に入りやすいように、こんなふうにさりげないフォローをくれた。そんなお姉様の気遣いに触れるたび、私はお姉様のことがもっともっと大好きになる。

「えぇえぇ、マリエンヌの言う通りね。この間もアルデミア伯母様が、腕白な子供たちがあなたの手にかかるとすっかりいい子になってしまうって褒めていたのよ。あなたが自分よりも小さな子供や動物の気持ちを察する能力に人一倍長けているのは、きっとあなた自身がピュアで優しいからね。そんな心優しい娘を持てて、お母様は嬉しいわ」

「たしかに、ティーナは昔から子供や動物には本当によく懐かれるよな。これはティーナ独自の素晴らしい素質だ。マリエンヌもティーナも個性は違うが、ふたりともお父様の自慢の娘だよ」

ふたりの言うように、子供や動物の気持ちを察するのは得意だけれど、人前に出るのが苦手というのは貴族令嬢としてはどうなのか。侯爵家の体裁を考えれば満足に人前に立つこともできない私が自慢だなんて、そんなことあるはずがない。

だけど両親は、十六歳になっても社交界デビューすら果たせていない私をけっして悪く言わない。お母様の『嬉しい』という発言も、お父様が口にした『自慢の娘』という言葉も、たしかに本心からのものなのだ。

こんな心優しい両親とお姉様を持てた私は、幸せ者だ。

「それにしても、よく寝るネコだ。よほどティーナの腕の中が心地いいと見える」

ふいにお父様が私の腕の中で眠りこけるラーラに目を留めて、感心したようにつぶやいた。

さっきお姉様が言っていた通り、ラーラは一カ月ほど前の嵐の日に侯爵家の門の外に倒れていたのを、私が自室の窓から外を見下ろした時に偶然見つけた。

すぐに屋敷を飛び出して拾いにいったラーラは、実に不思議な風体のネコだった。まず、一般的なネコよりも明らかに耳や尻尾が大きい。そして全身白い長毛かと思いきや、耳の中と胸もと、尻尾の先の毛が金色。さらに全身もどことなく金色がかり、淡く発光しているみたいに見えるのだ。ただし、家族に「毛が金色に光っている」と言ったら、たしかにクリーム色がかっては見えるけれど発光とはオーバーだと笑われてしまった。首を傾(かし)げつつ、拾った子ネコ可愛(かわい)さに私の目はすっかり曇ってしまっているらしいと納得できた。

私はひと目でこの風変わりな子ネコの虜(とりこ)になり、ラーラと名づけて誠心誠意世話をした。ラーラは見る間に元気になり、純白と淡い金色の長毛もますます艶やかになっている。

ただ、まだ子ネコだからなのか、日がな一日うとうとと寝てばかり。加えて私以外に懐こうとせず、私以外の人に触れられるのを嫌った。

「本当ね。……ふふっ、まるで天使の寝顔ね」

お姉様がうっとりとこぼし、ラーラに向かってしなやかな手を伸ばす。その手がラーラに触れる直前――。

『クシャッ‼』

突然ラーラがクワッと牙をむき、お姉様を威嚇した。

「ラーラ！　ダメよ！」

私は慌ててラーラをたしなめて、深く抱き込んだ。

なぜか分からない。けれど、ラーラは拾った当初からお姉様のことを特別嫌がっていた。それは私にしか分からない些細な反応だったが、お姉様の近くに行くと毎回体を強張らせていたのだ。

「お姉様、ごめんなさい！　この子、まだ私以外に触られるのに慣れないみたいで……本当にごめんなさいっ！」

青くなって謝罪する私に、お姉様は引っ込めた手を胸もとで握りしめ、緩く首を横に振った。

「いいのよ。急に触ろうとした私がいけなかったわ。それに、ネコというのは往々にして気難しい性格だもの。気にしていないわ」

お姉様はこう言ってくれたけど、きっと内心ではラーラの反応を悲しんでいるに違いない。

……どうしてラーラはお姉様にだけこんな態度を取るのかしら？　こんなに思いやりにあふれたお姉様を邪険にするなんて、ラーラは人を見る目がないわ。

私がメッとラーラの鼻先をつつけば、ラーラはむずかるように身じろいでひと鳴きした。

『みゅぁっ』

薄目で私を見上げるラーラの金色の瞳は物言いたげで、その尻尾は不服を訴えるようにパッタンパッタンとせわしなく揺れていた。

翌朝。

連日の朝議でお父様が早くに家を出ていったため、お母様とお姉様と三人で囲む朝食の席。

「ねぇ、ティーナ。やっぱりあなたも一緒に行かない？」

ちょうど朝食を食べ終えたタイミングでお母様が切り出した。耳にして、ギクリと体が強張る。今日、お母様とお姉様はふたりで茶会に向かう予定になっていた。一緒にというのは、当然その茶会の席にということで……。

「今日のお茶会の主催は、あなたも懇意のアルデミア伯母様よ。会自体も小規模だし。万が一挨拶ができなくたって、彼女は絶対にあなたを悪いようにはしないわ。それに、うまくすればあなたの自信につながる結果が得られるかもしれない」

お母様はこう言ってくれるけれど、たとえ規模が小さかろうと茶会には我が家のほかに数組の招待客がいるわけで。

たとえアルデミア伯母様が私の無作法を気にしなくとも、ほかの招待客はそうはいかない。挨拶ひとつ、カーテシーひとつ満足にできない私に、みんなはきっと白い目を向けるだろう。

私ひとりが恥ずかしい思いをするだけならまだいい。しかし、それをシェルフォード侯爵家の恥とされてはたまらない。

「いえ。お母様、私は……」

緩く首を横に振りながら、これまで私の特性を理解して温かく見守っていてくれたお母様も、内心では社交の場に出てほしいと望んでいる。垣間見えたお母様の本音に、胸がきゅっと苦しくなった。

「これはあなたにとっても、いいチャンスだと思うの。社交の練習のいい機会だと思って、行ってみない？」

さらに畳みかけてくるお母様になんと言って納得してもらおうかと思案していると、隣のお姉様が口を開いた。

「お母様、そもそも社交というのは練習して無理にこなすものではないと思うわ」

「マリエンヌ？」

「貴族に生まれたからと社交界で生きる道だけがすべてじゃないでしょう。ほら、お母様も女流画家エレザ・ブランジュの絵画が好きで集めているでしょう？　伯爵令嬢として生まれついた彼女が、家族の反対を押しきって家を出て師匠に弟子入りし、画家として大成したというのは有名な話よ。女流ヴァイオリニストのレミール・ルスランだって男爵家の出身だわ」

お姉様は幾人か例をあげ、さらに続ける。

「もしティーナが彼女たちのように貴族令嬢としての生き方とは違う道を望むなら、その選択を尊重すべきだわ。少なくとも、私はティーナを応援する」

困っているところに、お姉様から出された助け舟。それを助かったと、ありがたいと思ったのは本当だ。

だけど、お姉様のあげた貴族出身の先人たちと、なんの取り柄もない私はあまりにかけ離れていて……。私には彼女たちのような才がないばかりか、やりたいこともなければ、自主性を持って進みたい道もないのだ。

社交をこなさないのなら、代わりになにをするのか。

お姉様にそんな意図はなかっただろうが、突きつけられた厳しい現実に、私は冷や水を浴びせられたような、そんな心地を覚えていた。

「マリエンヌの言う通りね。ティーナに強要するつもりはなかったのだけれど、貴族令嬢として生まれたからにはいつかは社交界で家格のあった貴公子に見初められてお嫁に……ついついそんな古い考えに固執してしまって。でも、そうね。今はもうそんな時代じゃないわね。なにより、ティーナの思いを無視して苦痛な場所に引っ張り出そうだなんて、どうかしていたわ」

内心で激しく動揺する私とは対照的に、お母様はお姉様の言葉にすっかり納得した様子だった。

「ごめんなさい、ティーナ。もう、二度とあなたに社交を無理強いしないわ」

お母様は向かいの席から立ち上がって私のもとにやって来ると、体の前でギュッと握っていた私の両手を上からそっと包み込んだ。

「いいえ、お母様が謝ることはなにも！　むしろ……むしろ、至らない娘でごめんなさい。これを告げれば、きっとお母様が胸を痛める。

続く言葉はあえてのみ込み、お母様の手をそっと握った。

「さぁ、話がまとまったところで、お母様。そろそろ支度を始めないと、準備が間に合わなくなってしまってよ？」

「あらあら、いけない」

お姉様に壁掛け時計を示しながら指摘され、私とお母様は慌てて手をほどく。

「ティーナ、どんな道でもお母様はあなたの選択を応援するわ！　直前になってヘンなことを言ってごめんなさいね。今日は予定通りマリエンヌと行ってくるわね」

お母様は元来、朗らかでさっぱりとした気質だ。満面の笑みで告げるお母様に、私は押し潰されそうな内心をひた隠して笑顔を向けた。

「ありがとう、お母様。ふたりとも今日は存分に楽しんできて」

身支度のためにふたりが食堂を出ていった瞬間。ここまで意地で保っていた笑顔は崩れ、勝手にぽろりと涙がこぼれた。

あまりの不甲斐なさに、消え入りたい思いがした。

その時。

『みゅー』

足もとから聞こえてきた鳴き声にハッとして見下ろすと。

「……ララ」

部屋にいたはずなのに、いつの間に来たのだろう。ララがまるで慰めるように、私の足にすり寄って尻尾を絡めてくる。

私は屈んで小さな体をすくい上げ、キュッと胸に抱きしめた。

そのまましばらく艶やかな毛並みを撫でていると、なぜだろう。心を苛んでいた劣等感やコンプレックスが和らいでくるのを感じた。それらが完全になくなることはないけれど、気持ちが晴れやかに、前向きになっていく。

「不思議な子ね」

純白の毛皮をもうひと撫でし、ふいに窓の外を見た。すると、やわらかな春の日差しが心地よく大地を照らしていた。

「いいお天気！　ねぇララ、せっかくだからお散歩に出ましょうか？　こんなぽかぽか陽気にこもりっぱなしじゃもったいないわ」

さっきまでの暗い気持ちを切り替えてあえて明るく提案すれば、分かっているのか、いないのか。ラーラは機嫌よさそうに、ゆらゆらと尻尾を揺らして応えた。

その様子を目を細めて眺めながら、ふと思い出したのは、庶民的な商店が多く軒を連ねる東地区のあるお店。

……そういえば、東地区のメーン通りに店を構える動物商に、ネコ用おやつがいっぱい並んでいたわ。

ただし、外出に際してはふたつほど憂慮もあった。

ひとつは、この数年の治安の悪化だ。最近、街でよく警ら隊の姿を見かけるようになった。我が家でも、ひとりで街に出かけていいのは日の高い時間帯だけに限られ、日が暮れる前には帰宅するようにと厳しく言われている。

加えて東地区はいわゆる平民街、うちの屋敷がある中央地区よりも治安面で不安があった。

もうひとつは、周囲の目だ。昨今では令嬢が貴族街をひとり歩きすることも容認される風潮にあるが、年配者や伝統を重んじる一部の人たちからはやはりいい顔をされなかった。

だけど、これについては社交界デビューすら果たせていない身。気にしたところで今さらだろう。

今日はまだこの時間だし、日が暮れるまでに帰宅すれば大丈夫。それに街までは馬車を使って行けば問題ないわよね。

「私、いいお店を知っているの。気に入ったおやつを買ってあげるわね」

『みゅーっ！』

おやつの件で、即座にラーラが反応する。まるで私の言葉が分かっているみたいな態度に、自然と笑みがこぼれた。

ちなみに、私はただ街を歩いているだけで声が出なくなったり、表情が固まったりということはない。商店で買い物や店主とのやり取りを楽しむことだってできる。

それらの症状は決まってパーティーや茶会といった社交の場に赴いた時、自宅やよそでも貴族階級の人たちに応対しようとすると現れる。症状が出現する場面は、実は比較的限定されているのだ。

……でも、考えてみると不思議よね。

私は社交の場に出ることが怖い。厳密には、そこに集う人たちを私の発言や行動で不愉快にさせてしまうことが、恐ろしくてたまらない。そんな恐怖心や不安感が、声と表情を凍らせてしまうのだが。

けれど、これまで街で──少なくとも、貴族の往来がほとんどない東地区で、僅かながらにいる顔見知りや商店主たちに対してコミュニケーションを躊躇したことはない。私にとって、彼らは恐怖の対象にならないのだ。

貴族だから横柄な性格で怖い、平民だから気がよくて安心だ。などと、安直に考えているわけではない。貴族にだって平民にだって、当然いい人も悪い人もいる。頭では理解しているのに、どうしてか心がそれに追いつかないのだ。

「はぁ。なんでこうなっちゃったのかしら。そもそも、小さい頃はこうじゃなかったらしいのに」

……そう。両親いわく、私は三、四歳くらいまでとにかく天真爛漫で、誰にでも愛想がよく、とてもおしゃべりな女の子だったそうだ。他家を訪ねれば自分からニコニコと元気よく挨拶し、我が家に来客があれば呼ばれてもいないのに駆けつけて拙いカーテシーを披露して出迎えていたという。

それがある日を境に、急に緘黙になってしまったらしいのだ。いったいどうして……。

「って、ダメね。いくら考えたところでどうしようもないことなのに。さぁ、行くとなったら早いうちに出た方が、いっぱいの商品から選べるわ！」

『みゅー』

頭を振って不毛な物思いを断ち切ると、さっそく自分の部屋に戻ってケープを羽織り、バスケットにラーラを入れて腕にかけ、王都の街へと繰り出した。

それから小一時間後。

——カラン、カラン。

「ありがとうございました」

笑顔の店主に見送られ、腕いっぱいの紙袋を抱えた私は例の動物商……ではなく、焼き菓子店を後にする。

実は、購入を考えていた例の動物商に行ってみたものの、ラーラは店先にうずたかく積まれたネコ用おやつを一瞥だけしてプイッと顔を背けてしまったのだ。まるで『そんなものに興味はない』とでも言いたげな態度に驚いたのも束の間、ラーラが向かいの焼き菓子店を見て猛アピールしてきた時は、正直どうしたものかと頭を抱えた。

ラーラがそこの菓子を欲しがっているのはあきらかだったが、人間のお菓子を与えるのには抵抗があった。戸惑いつつ店主に尋ねてみたら、ビスケットが並んだ一角を示されて、これなら砂糖の使用をかなり抑えているからネコに与えても大丈夫との回答が得られた。

結果、ラーラにねだられるまま、その一角のビスケットを全種類お買い上げというわけだ。

「あきらかに買いすぎたわ」

『みゅー』

そんなことないとでも言いたげにラーラが鳴く。

「もうっ。ラーラったらあれもこれもって、ちっとも聞かないんだもの」

『みゅー』

私のお小言などどこ吹く風のラーラは、腕にかけられたバスケットの中から伸び上がり、紙袋に顔を寄せてピンク色の小さな鼻をクンクンとヒクつかせていた。

……それにしても、ラーラってまるで私の言葉が分かっているような行動を取るわよね。本当に不思議な子。

焼き菓子店を背に、ネコらしくないというか、どこか人間くさいラーラに小首を傾げながら通りを歩いていたら――。

「小汚いガキがチョロチョロうろつくんじゃねえ！　そんな萎(しお)れた花を買うわけないだろう！　あっちに行けっ‼」

大きな怒鳴り声の後、なにかがぶつかるような物音がして、慌ててそちらを見やる。

すると、丈の合わないすり切れだらけのワンピースを着た十歳くらいの少女が、地面に尻もちをついていた。少女の周囲には、クタッとなった薔薇が数輪落ちている。

「あなた、大丈夫⁉」

目にするや、私は紙袋とバスケットをその場に下ろし、少女のもとに駆け寄る。

おそらく少女を突き飛ばしたであろう男性は、気まずそうにこちらを一瞥したものの、逃げるように人混みに紛れていった。

「ん、平気」

残された少女は気丈に答え、起き上がろうとする。私は少女の腕を引いて立ち上がるのを助け、土に汚れたスカートをはたいた。

「……やっと咲いた花だったのに」

少女が悲しそうにつぶやきながら見つめる先に、私もつられて視線を向ける。

「花弁が落ちちゃった。これじゃあもう売り物にはならないよ。……あーぁ、全部売ってくるって大口叩いちゃったのに、なんて言おう」

少女の言葉通り、薔薇は幾枚かその花弁を散らしていた。けれど、私の目にはたとえ花弁がすべて揃っていたとしても、この薔薇を買ってもらうのは難しいように見えた。

先ほどの男性の行動を容認することは絶対にないが、『そんな萎れた花を買うわけない』という言葉はきっと大衆の真意だろう。

なんと答えたものかと思案していると、ふいに少女のワンピースの膝のあたりに血が滲(にじ)んでいるのに気づく。

「まぁ！　膝を怪我(けが)したのね？　急いで手当てをしなくっちゃ」

「えー？　こんなのほっといたってじきに治るよ」

「いいえ。ばい菌が入ってしまうかもしれないから、ちゃんと手当てしないといけないわ。それと、親御さんに花がダメになってしまった事情を説明する必要があるのでしょう？　家まで送っていくわ。おうちはどっち？」

私の質問に少女はコテンと首を傾げた。

「おうちというか……まぁ、住んでいるのはあっちだけど」

少女はメーン通りから外れた細い道の先を示した。その道は舗装がされておらず、道の先に広がる区域も寂れた印象だった。とはいえ酒場とは反対側なので、このあたりはまだ安全かもしれない。

「そう。荷物を取ってくるから、ちょっと待っていて」

これまで少女が示した区域に行ったことはなかったがためらわずに頷き、少女にひと言断ってから、先ほど置きっぱなしにした荷物とラーラが入ったバスケットを取りに戻る。

「お待たせ。さぁ、行きましょうか」

腕にバスケットをぶら下げ、さらに両手いっぱいに紙袋を抱えて戻ってきた私に、少女は目を丸くした。

「ずいぶん大荷物だな。それに、ネコまでいるのかよ？」

少女にバスケットの中をズイッと覗き込まれ、ラーラは驚いたように体をビクつかせた。

「うわ、艶々だ！　なぁ？　撫でてもいい？」

ラーラは一瞬だけ考えるように金色の瞳をさまよわせたが、すぐにスッと目を閉じた。

……嘘、珍しい。

『みゅー』

そのまま小さくひと鳴きし、少女に背中を差し出すラーラを、私は意外な思いで見つめた。

少女は嬉しそうにそっとラーラの背中を撫でた。

「いい子だな。それにふわふわだ……ふふっ。ありがと」

『みゅー』

少女は二度ほどラーラの背中を往復させてから、名残惜しそうに手を引いた。

本当はもっと撫でていたかっただろうに。ラーラへのいたわりと気遣いを感じさせる少女の行動に、私は密かに感動した。

「なぁ。それ、ひとつ持つよ」

少女は私に目線を移すと、顎先で『それ』と紙袋を示した。

「大丈夫よ。嵩張るけれど重いものではないから」

「いいから」

「あっ」

少女は背伸びして、少し強引に私の手からふたつある紙袋のうちの片方を持ち去ってしまう。

「お、たしかに軽いや」

「ありがとう」

「いいってことよ」

少女のぶっきらぼうな態度の中に優しさを感じ取り、私は口角を緩めた。

並んで歩きながらいろんな話をするうちに、私は少女とすっかり打ち解けていた。

会話の中で少女はミリアと名乗り、先日十一歳になったばかりだと教えてくれた。

「そう。ミリアは孤児院で暮らしているの」

「えー、分かってなかったのか？　あたしはこんな格好だし。加えてこの区域を指せば、大抵の奴は察するぞ」

暗に世間知らずといわれているようだが、事実知らなかったのだから仕方ない。

「全然気がつかなかったわ」

「ふーん。普通はさ、みんな孤児院育ちって分かると、途端に嫌な顔をする。でも、ティーナは全然態度を変えない。優しいんだな！」

そう言って嬉しそうに笑うミリアに、私は曖昧に微笑み返すしかできなかった。

……私は優しくなんかない。ただ、私にとって孤児院もそこで暮らす子供たちの存在も、膜一枚隔てた向こう側の遠い世界のことのようでどこか現実味がなくて。

もちろん差別感情などはないのだ。けれど、よくも悪くも無関心だったということだ。

「そうすると、花は先生方の指示で売っていたの？」

私はさりげなく話題を移す。それにミリアは首を横に振った。

「違う。先生たちは関係ない。あたしが思いついて、勝手にやりだした」

あの品質で対価を得るのは難しいと思ったが、なるほど。ミリアの独断だったようだ。

「ほら。あたしのワンピースもさ、つんつるてんだろ？」

ミリアは紙袋を持つのと逆の手で、スカートの裾をピンと引っ張ってみせる。

話の流れとミリアの行動が結びつかず、私は小さく首を傾げた。

「たしかに少し窮屈そうね」

「だろ。うちの孤児院の台所事情じゃ食うのが最優先で、なかなか着る物にまで手が回らないんだよ。それでチビたちの中にはボロ布に包（くる）まってる奴もいる。そいつらに、まともに服くらい着せてやりたいなって思ってさ。たまたま敷地の中に花畑があって元手もかかんないし、うまくすれば古着代くらい稼げるかもしれないだろ？」

「その花畑はみんなで手入れしているの？」

「ううん。何年か前に植えられて放置されてるのが、そのまま自生してて……あ、ちょうど見えてきた！　あそこだよ！　あそこの花畑で摘んだ花を売ってるんだ」

ミリアの指差した先に目を向けたら、木立の合間から古びた印象の木造家屋が見えた。

さらに足を進め、その全体像が浮かび上がってくる。ミリアの言う花畑らしき一角も確認できた。

敷地はそれなりに広いが、孤児院の建物自体はあまり大きくなさそうだった。壁や屋根の傷みが激しく、正直うちの厩舎の方がよほど立派な造りをしていた。

この場所に乳幼児から上は十五歳まで二十人もの子供たちが肩寄せ合って暮らしていると聞き、なんだかやりきれない思いがした。

ミリアの先導で建物横手に広がる花畑に回る。

「ちょっとミリア。先に怪我の手当てをしなくていいの？」

「だーかーら、そんなのはもう治っちゃったってば。それより、今日売ってたのはこの薔薇なんだ」

そこは花畑とは名ばかりで荒れ地に近い状態だった。

目の前に生えている薔薇にしても、枝こそなんとか伸びていても、まともな花芽がほとんどついていなかった。ミリアの言葉通り人の手はいっさい入れられていないようで、そんな中でやっと花開いた数輪を売っていたようだ。

私は幼い頃から植物が好きで、見て愛でるのはもちろん、手ずから世話をするのも好きだった。庭師さんを手伝ってのガーデニングは、もう長年の習慣のようなもの。クタッと元気のない薔薇を見たら、居てもたってもいられなかった。

「ミリア。井戸から水を汲ませてもらってもいい？　この子たち、だいぶカラカラみたい」

「それはかまわないけど。でも、前に地植えの薔薇に水やりはいらないって聞いたことがあったよ？」

建物の軒下に紙袋とバスケットを下ろし、ミリアの許可を得て手押しの井戸のレバーに手をかける。ちょうど井戸の脇にジョウロが置いてあったから、それを拝借して水を汲んでいく。

「ええ、基本的にはそうね。でも、極端に雨が降らない場合には水をやった方がいいわ。ほら、一カ月前の嵐を最後にずっと雨がなかったから」

「へー。そういうものか」

ジョウロがいっぱいになると、ひと株ごとに「元気になあれ」と歌うように声をかけながら薔薇の根もとに水をかけ始める。

その様子をラーラがバスケットから身を乗り出すようにして、金色の双眸でジーッと眺めている。陽光を弾いてだろうか、その瞳はやたらキラキラときらめいていた。

「嘘だろう⁉　一度の水やりで、目に見えて葉や茎がシャンとした！」

水やりを終えた薔薇を見たミリアが驚嘆の声を漏らす。

「よっぽど渇いちゃっていたのね。なんにせよ、薔薇たちが元気になってよかったわ」

「まぁ、それはそうなんだけど……」

すっかり元気を取り戻した薔薇を前にご満悦な私とは対照的に、ミリアはどことなく納得いかないふうだった。

その後、私はミリアと共に孤児院の建家を尋ねた。

「まぁまぁ。うちの子がお手数をおかけしたようで、どうもすみません」

応対に出てくれた院長は気のよさそうな初老の女性で、私が事情を説明するとにこやかに挨拶してくれた。

ただし、その間も廊下の向こうから子供たちの声はひっきりなしに聞こえてくるし、時々それに乳児の泣き声も交ざる。とても忙しそうだった。

「こちらこそ、多忙なところ急に押しかけてきて、申し訳ありません。あの、それで念のためミリアの手当てをしたいのですが、救急箱をお借りできますか？」

「えええ。今持ってきますから、そこの応接室でお待ちになってね」

「ちょっ、ティーナ！　そんなに大ごとにしなくたってこのくらいの怪我、大丈夫だってば」

ミリアはまたも手当てはいらないと主張したけれど、ここは私が譲らずしっかり洗い流し、借り受けた救急箱を使って消毒までを終えた。

「もう、ティーナって妙なところで押しが強いのな」

手当ての済んだ膝を見下ろしてミリアが苦笑いでこぼす。

「ふふっ、初めて言われたわ。それじゃあミリア、私、そろそろお暇するわ。あんまり帰りが遅いと家の者を心配させてしまうし」

私が応接ソファから立ち上がると、ミリアも一緒に席を立った。

「なら、玄関まで送るよ！」

途中院長にお暇の挨拶をして玄関を出たところで、ミリアが遠慮がちに切り出す。

「なぁ、ティーナ。よかったら、また来てよ。それでさ、薔薇以外の花の世話とかも教えてほしいんだ。あと、ティーナが嫌じゃなかったらなんだけど、今度時間がある時、小さい子らに声でもかけてやってくれたらみんな喜ぶよ」

「いいの？　また伺ってご迷惑じゃないかしら？」

「迷惑なわけがあるか。ここに来客って、すごく少ないんだ。今日だって院長に釘を刺されておとなしくしてるけど、それでもみんなティーナに興味津々で……って、ほら！　悪戯坊主のライアンがあの木から覗いてるぞ！」

「えっ!?」

ミリアの視線の先を追えば、なんと木の上からこちらを見下ろしている男の子とバチッと目が合って驚く。

ミリアによると、ライアンは木登りの名手だそうだ。私が手を振ったら、彼もはにかんだ笑みで手を振り返してくれた。

「次はゆっくり来るわね。その時は、みんなに改めて挨拶させてもらうわ」

「うん。今日は本当にありがとう。帰り、気をつけてな」

「ええ、またね」

「あれ？　ティーナ！　紙袋を忘れてるぞ？」

腕にバスケットだけ下げて帰ろうとする私をミリアが呼び止める。

「いいえ、忘れてないわ。それはみんなで分けてちょうだい。それじゃあね、さよなら」

『みゅー』

ラーラも私の行動に不満はないようで、バスケットの中で機嫌よさそうにゆらゆらと尻尾を揺らしていた。

「え、えっ？　えええ!?」

ミリアの素っ頓狂な声を背中に聞きながら、私は孤児院を後にした。

それ以降、相棒のラーラと共に孤児院に通い、花を売りに行くのがすっかり私の日課になっていた。

ミリアと初日に約束した通り、二度目の訪問で私は孤児院の子供たち全員と挨拶して、言葉を交わした。もともと小さい子供や動物と打ち解けるのが得意だったこともあり、通いだして一週間が経った今では、ミリア以外の子供たちともすっかり仲良しになっていた。

中には悪戯好きでやんちゃな子もいるけれど、みんな性根はとっても優しいいい子たちだ。

「なぁ。ティーナの花の栽培技術って、やっぱ常人離れしてるよ。ほんと、すごすぎる特技だよ」

すっかり生き返った花々を見回し、ミリアがしみじみと口にする。

薔薇だけじゃない。花畑にほとんど捨て置かれたような様相だった花たちが、この一週間で生き生きとした姿を見せてくれるようになった。

「でも、ミリアたちに教えた通りのことしか私はやっていないわ。ほかの誰がやったって同じよ」

栽培の知識や手順は屋敷の庭師さんから事細かに教わっており、たしかに専門性は高いといえる。とはいえ、あげているのはただの水とどこにでもある肥料なわけで。だから、これは特技なんて大層なものじゃない。

「いやいや、実際問題全然同じじゃないだろ。あたしたちがティーナと同じ道具を使って同じ手順でやったって、こうはならないもん」

力強く言いきられてしまうと、それ以上の反論は難しい。なぜかは分からないが、たしかに私が直接手をかけて育てた花の方が生育がいいのだ。

にしても、本当になにも変わったことなどしていないのだから、やはり単なる偶然としか言いようがない。

「……まぁいいや。それじゃ、今日の分を売りに行ってくるよ」

今もミリアは花売りを続けている。この辺りはあまり治安がよくないこともあり、ひとりで行かせるのは心配で、私も毎日同行していた。もっとも、ここ最近は警ら隊の巡回が厚くなってだいぶ安心できているのだが。

ラーラが入ったバスケットをヒョイと腕にかけ、すでに売り物の花を抱えて準備万端のミリアに続く。

「私も一緒に行くわ」

売り物の花が鮮度を増したことで、花の売れ行きは上々だった。ありがたいことに、ある私たちの花を気に入って連日買いに来てくれる常連さんもできていた。それに、ある出来事をきっかけに、安心して花を売ることができる場所も確保できていた。それは私が孤児院に通うようになって四日目の出来事だった。

……あの時の彼、黒髪と神秘的な紫色の瞳がとても素敵だった。なにより、あっという間に麻薬中毒者をねじ伏せてしまったっけ。

私は束の間、彼と出会ったあの日へと思考を馳せた——。

＊＊＊

孤児院に向かう前、市場で土産を買おうとしていた時のこと。

「よし、あれに決めたわ。ラーラ、ちょっと待っていてね」

土産の品を決めた私はお財布だけ取り出すと、ラーラが入ったままのバスケットを近くの木箱に置いた。そうして今まさに店主に注文しようとしたら。

「おじさん、その果物をっ——きゃあっ⁉」

『みゃーっ』

突然横から伸びてきた腕に肩を掴まれた。見れば、血走った目をした男が荒い息を吐いていた。

なに⁉ いったいなにが……⁉

混乱と恐怖で悲鳴すらあげられぬまま、路地裏に引きずり込まれそうになった。そんな時、颯爽と現れたのが彼だった。

彼は体格に恵まれており、身長は二メートルに届きそう。相当鍛えているのだろう。厚みのあるガッシリとした体つきで、あっという間に私を襲った男をねじ伏せてしまった。そして長身を屈め、よろめく私に手を差し出してくれた。

「大丈夫だったか？」

「は、はい。おかげさまで助かりました」

重ねた手の大きさと逞しさにドキリとした。そうしてうつむいていた顔を上げ、目と目が合った瞬間、純度の高いアメジストみたいな瞳に吸い込まれてしまいそうだと思った。

私たちは手と手を重ねたまま、しばし見つめ合っていた。なぜか男性も、私から目を逸らすことはなかった。

あまりにもジッと見つめられるものだから、どうかしたのかと尋ねようとしたら、それよりも一瞬早く男性がさりげなく視線を外し、重ねたままの手をスッとほどいた。

「いや、無事でよかった。最近この地区では麻薬密売が横行し、お世辞にも治安がいいとは言えない」

「この街で麻薬密売が……!?」

ならば、私を襲ったあの男も……!

聞かされたこの地区の現状に身震いした。

「とはいえ、こんなふうに昼間から中毒者に襲われるような事態はそうそうあってはたまらないがな。こちらでも対策は取るが、君も念のため、日中でもひとり歩きは馬車駅の周辺に限定した方がいいだろう。馬車駅からふた区画くらいなら人通りも多く、治安もいい」

……こちらでも対策？　なんのことだろうと思ったが、続く男性からの助言に素直に頷く。

「はい、そうします。ありがとうございました」

「ああ、気をつけて」

男性は言うが早いか、地面にのした中毒者を軽々と担ぎ上げ、人混みに消えていった。

一方、その場に残された私はというと、中毒者に襲われた恐怖もさることながら、どこか地に足がついていない、そんなふわふわとした心地のまま、孤児院へ向かったのだった。

＊＊＊

——あの日の回想から意識が今に戻る。

不思議なことにあれから馬車駅の周辺で花売りをしていると、巡回中の警ら隊によく行き合うようになった。彼らはもともと街を回っていたけれど、あきらかにその頻度と人員が増えている。おかげで私たちは安心して通りを歩けるようになった。

これには彼が関係しているのかもしれない。なんとなく、そんな気がした。

「あ。そういえばさ、一昨日（おととい）の件、どうするか決めたのか？　今日あたり、受けるかどうか聞かれるんじゃないのか？」

馬車駅を目指してメーン通りを歩きながら、ミリアが思い出したように尋ねてきた。

実は、私たちの常連になってくれた男性のひとりから、花の委託栽培を打診されていた。その中年男性——カルマンさんは広くビジネスを手がけていて、希少な花も取り扱っているのだという。

ちょうど先頃品種改良に成功したばかりの新種の花があり、商品化のための栽培を始めたいと考えていたそうだが、育てるのが難しい性質の花のため、委託先の選定に難儀していたらしい。

そんな時、以前に比べて断然生育状態のよくなった花を売りに来る私たちに、目を留めてくれたというわけだ。

「お受けしようと思っているわ」

私の答えになぜかラーラはバスケットの中でペチンとひとつ、不服を示すかのように尻尾を打ちつけた。

どうしたのかしら？

疑問に思ったけれど、ミリアに食い気味に乗り出してこられ意識は彼女に向いた。

「いいじゃんいいじゃん！　花畑の余ってるスペースも有効活用できて、破格の見返りまでもらえて。こっちにはいいことしかない……まぁ、その分ティーナの負担は増えちゃうんだけど」

途中までノリノリだったミリアがすまなそうにこちらを見上げた。

「やぁね。負担なんて思うわけないわ。ミリアの言う通り、空きスペースの有効活用ができる上に、定期的な現金収入が得られるんだもの。こんなチャンスは二度とないわよね」

昨日相談した際、孤児院の院長は『花畑は好きに使ってもらってかまわない。判断は任せる』と言ってくれていた。

私にとって、世話する花が増えることは嬉しいこと。しかもそれが孤児院の現金収入確保につながるというのだから、断る選択肢はない。

「そうと決まれば早く行こうぜ！　いつもの場所に、もう来てるかもしれないよ？　待たせて『やっぱりこの話はなかったことに』なんて言われちゃたまんないからな」

「あっ。待って、ミリア！」

興奮が隠せない様子で一気に歩みのペースを上げたミリアの後を慌てて追った。

【第二章】廃太子された公爵

俺が連日の潜入調査を終えて家路についたのは、今日も夜明け前だった。帰宅してすぐにまとわりつく酒精と白粉(おしろい)の匂いを落とし、眠りにつこうと床に向かいかけた。

その時、ふいにぽつぽつと水滴が窓に落ち、細い軌跡を描いているのに気づく。

「ほぅ。雨が降りだしたか」

俺が足を止めてつぶやけば、ひと足先に寝台の上で丸まっていたザイオンが反応し、ピクリと体を揺らす。

のっそりと顔を上げて窓を見やるその姿は、一見すれば長毛種の黒ネコのようにも見える。ただし、ピンと立った三角耳はずいぶんと大きいし、尻尾もやたらボリュームがある。極めつけは、銀色に淡く発光する全身と、今はその背に折り畳まれたコウモリのような羽だ。その羽を広げて空を飛ぶこともできるのだから、到底ただのネコではあり得ない。

さもありなん。彼の本性は闇の精霊。そしてありがた迷惑なことに、俺は彼の加護を受けた〝いとし子〟だった。

精霊は気の遠くなるような一生のうちに一度だけ、己のすべてをかけるに足る人間を見つけて精霊世界から舞い降りてくるのだそうだ。

そんな彼らの本性を正しく視認できるのはいとし子だけ。精霊たちは不特定多数に悟られぬよう、認識阻害の精魔力を放っているという。そのためザイオンに関しても、ほかの人間には普通のネコよりも耳や尻尾が大きい、ちょっと変わったネコくらいの認識になっている。全身にまとう光の粒子や羽は認知されていないのだ。勘が鋭いところも、周囲からはよく訓練された俺の相棒だから、程度に思われていた。

そもそも、精霊の存在もいとし子の存在も、民にとってはおとぎ話の域を出ない。厳重に管理されたいとし子と精霊についての貴重な記録の内容を知るのは王族くらいだ。

いとし子は精霊の加護によってその身に精魔力の光を帯びるのだが、それを察することができるのも、いとし子を先祖に持ち、かつ魔力のレベルも高い王族のひと握りとなる。

『ニャー《これは、荒れるかもしれんな》』

ほかの人間の耳にはネコの鳴き声にしか聞こえないその声も、俺の耳には明確な意味を持つ言葉となって届いた。

……春先の雨、か。

春先の雨は、どうしたって俺に〝あの日〟を思い出させる。重く、苦しい記憶に通じる、あの——。

そこまで考えたところで緩く頭を振って思考を追い払うと、ザイオンが中央に鎮座する寝台の掛布をめくり、少々強引に片足を突っ込みながら乗り上がる。

《ぬおっ⁉ ファルザードよ、そなた我を足蹴にするとは何事だ！》

「足蹴とは人聞きの悪い。何度も言っているが、そこは俺の寝床だ。少しは詰めろ」

ザイオンからの抗議をさらりと受け流し、何食わぬ顔で寝台に横たわる。ザイオンは《うぬぬ》と唸りながらも、俺とスペースを分け合うようにやや端によけて丸まった。

その様子にやれやれと息をつく。

……まったく、気ままなことだ。

かつて見た記録にあった精霊は皆、もう少し協調性を持っていたように思う。そもそも、歴史上のいとし子といえば救国の聖女の代名詞。男が精霊から加護を得た記録は、俺が知る限り一例もない。

もっとも今では物心がつくかつかぬかの頃から共にある、この唯我独尊、どこまでも我の道をゆく相棒を諦観の境地でもって受け入れているのだが。

俺の髪色は、この国では珍しい宵闇を紡いだような黒。ザイオンの体毛と同じ色だ。この色を持って生まれてきた瞬間から、きっと俺の運命は決まっていたのだろう。王家傍流の出身でひと際魔力が高かった俺の母は、ある日、子供部屋で眠る五歳の俺が精魔力の光の粒子をまとっているのに気づいた。母はすぐに、己の持ち得る魔力のすべてを注いで俺に目くらましをかけた。

母は俺が十歳の時に亡くなったが、それ以降も母の魔力は俺に目くらましをかけ続けている。おかげで今も、俺は周囲に〝いとし子〟だと気づかれることなく過ごせている。

俺の魔力の高さは母譲り。ザイオンと出会った時分には、すでに己の魔力を自在に使うことができていた。おかげでザイオンが現れた直後から彼と会話することも、彼の持つ闇の精魔力を引き出して使うこともできた。そんな俺に、母は『精霊の持つ精魔力はむやみやたらと使うものではない』と口を酸っぱくして言っていた。当時は便利な精魔力を活用してなにが悪いのかと反発心も抱いていたが、母亡き今になりその重みを実感している。

そんなことを思いながらスッと瞼(まぶた)を閉じれば、段々と強さを増す雨音に導かれるように、意識が深い眠りの世界に沈んでゆく。

そうして訪れた眠りの中で、俺は望まずとも強制的に〝あの日〟を追体験することになる——。

＊＊＊

ザァザァと雨が降る。

冬の寒さも次第に落ち着き、日ごとに暖かさを増す浅春。デリスデン王国では急速に発達した低気圧によって春の嵐が発生し、未明から列国中が激しい暴風暴雨に襲われていた。

横殴りの雨は家々の窓を叩き、時折稲妻が生き物のように空を走っては、大地が割れるような轟音(ごうおん)を響かせている。誰しもが室内にこもり、嵐の通過を静かに祈る。

そんな悪天の中。デリスデン王国の離宮の一室で、十二歳の俺は、悲鳴すらあげられず壊れたように体を震わせる七歳年下の従弟、ジェニスを腕にかばって立ち尽くしていた。

腕の中に抱きしめたジェニスが、惨状を目の当たりにしたことで、正気を保っていられなくなったのか、カクンと俺の腕にもたれかかる。意識を失ったようだ。

俺たちの周囲には、闇に肌を黒く染められ、漆黒の靄に覆われた黒装束の男たちが倒れ伏す。すでに彼らの息はない。

王太子である俺と王位継承権第三位のジェニスを亡き者にせんと彼らがこの部屋に侵入してから僅か二、三秒。そんな瞬きほどの間に、彼らは己が死んだことすら理解せぬまま、俺が放った神精魔力によって一瞬のうちにあの世に逝った。

けっして俺が意図したことではなかった。しかし、彼らを殺したのはほかでないこの俺で――。

「ゥグッ！」

おぞましさに込み上げる吐き気を、すんでのところでこらえる。

胸を占めるのはこの惨状をなしてしまった己自身への怯え、怖れ、そして絶望。いまだ大人になりきれぬやわな心が耐えきれず悲鳴をあげていた。

その時だ。頭上から羽音と共に漆黒のなにかが俺たちのもとに降り立った。

しなやかな着地を決めたのはザイオンで、パタンと音を立てて羽を畳むと、光の当たり方でキラリと紫に輝く銀色の瞳で室内をゆるりと眺めた。その様子はどこか誇らしげで、この現状に満足しているように見えた。

「……ザイオン。なぜ？」
俺は戦慄く唇を開き、掠れがすれに問う。
《なぜ？　おかしなことを聞く。そなたは胸の内であの男どもの排除を願っておったろう。ゆえに我がそれを叶えるべく、そなたの魔力に我の闇の精魔力をのせ、神精魔力を発動した。それのなにが不満だ？》
ザイオンの言葉に、すっかり頭に血が上った俺は声を荒らげる。
「たしかに、彼らを討つ必要があった。だけど、こんなやり方は望んでいない！　うまくいけば、捕らえて生かす道だってあったはず。俺の心の内を読んで立ち回るにしたって、明らかにやりすぎだ！　そもそも俺はお前に助けてもらわなくても、自分の魔力だけで――」
《いいや、そなたの魔力だけではままならなかった。少なくともそんなお荷物を守りながらでは、たとえ賊どもを撃退できても、そなたが怪我を負っていた》
「怪我くらいしたってかまわなかった！」
《馬鹿を言え。そなたは我のいとし子ぞ。そなたに怪我を負わせるなど、そんなのは容認できん》
もしかするとこの惨状だからこそ、逆に油断があったのかもしれない。普段なら人の目や耳のある場所でザイオンと言い合うなど絶対にしないが、今ばかりは周囲に意識を向ける余裕もなくザイオンと言葉の応酬を繰り広げていると――。

「……魔物だ」

てっきり全員が事切れたとばかり思っていたが、黒装束の男のひとりがヒュウヒュウと雑音交じりの呼気と共にこぼす。

男の言葉を聞き留めて、ビクンと肩が跳ねる。

「世に災いなす……悪しき、魔物……ァグッ‼」

賊の男はその声を発したのを最後に、今度こそ事切れてしまう。ゆえに、『魔物』というのがなにに対して放たれたものだったのかは永遠に分からない。

一見すれば、それはネコらしからぬ態度のザイオンに向けられたもののようにも思えた。けれど俺は、男が俺に向けた激しい怖気と侮蔑の情をつぶさに感じ取っていた。同時に『魔物』というのが、常人ではあり得ぬ規格外の魔力を放ち、この惨状を起こした俺自身に向けられたものであると苦しくも確信していた。

《なんと、我としたことが加減を見誤ったか。しっかり息の根を止めたと思うたが、人間というのは存外にしぶといのだな。もっともこれで加減は覚えたからな、次は問題なかろうよ》

場違いなほど軽いザイオンのつぶやきを聞きつけて、俺は奥歯が軋むくらいきつく噛みしめてグッと拳を握る。

高次元の精霊それ自体は、けっして悪しき存在ではない。むしろ、彼らは己のいとし子にどこまでも忠実で一途でもある。しかし高次元の存在だからこそ、人の情を理解せよと望むのは難しい。逆を言えば、俺もまたザイオンの心理を事前に察することは困難だった。

ザイオンは常にクールでドライ。そうでなければ、戦う相棒としてバランスを保てないからだろうが、俺に余計なことを感じさせないようにしている節があった。

「ザイオン。お前は俺の感情に同調して、勝手に俺の魔力を精魔力で増幅させる。そうして強大な力を持つ神精魔力を発動させる。そうだな？」

荒ぶる感情を逃がすようにひと呼吸を吐き出してから、低くザイオンに問う。

チラリと見下ろしたジェニスは瞼を閉ざし、力なく俺にもたれかかっている。意識を手放しているので、この会話を聞かれることもない。

《然り。我は闇の精霊ゆえ、頼まれずとも陰の気……いとし子であるそなたの不快感や怒り、そういったものに同調する。そうして我の闇の精魔力で、そなたの魔力を増幅させる。これは半ば本能のようなものだからな。そなたが声にして願わずとも我が

察すれば行動する》

俺は重く頷き、ザイオンから先ほど果てた黒装束の男の亡骸へと視線を移す。さらに己への戒めとして、室内の惨状をぐるりと見回して目に焼きつける。

「なら、俺はこの先もう二度と魔力は発動させない。同様に、お前が俺のために闇の精魔力を使うのもこれが最後だ」

胸の内でとぐろを巻くあらゆる激情を抑えつけ、静かに宣言した。己の精神を完璧にコントロールし、常に平常心でいろというのは土台無理な話だ。だから俺は、代わりにすべての魔力を封じよう。魔力を使わなければ、そもそもザイオンに精魔力をのせられることはない。すなわち、恐ろしい神精魔力も発動しない。

《最後?》

ザイオンは怪訝そうに小首を傾げるが、俺はかまわずに続ける。

「……ザイオン、最後の頼みだ。彼らの亡骸をその魂ごと安寧の闇に帰してやってくれ」

調べるまでもなく、彼らは身元につながる手がかりなど持っていないから、故郷の土に帰すことはかなわない。加えて、いとし子である事実を周囲の人たちに伏せている俺にとって、彼らの変死体が人目にさらされることはうまくなかった。

闇の精霊は、同時に人の死にかかわる精霊でもある。こんな時だけ頼るのはずるいかもしれないが、ザイオンの力で闇に葬ってもらうのが俺にとっても最善だった。
《ん？　賊に死後の安息を与えるのか？　我ならば、邪魔な遺体だけを闇に隠すことも可能だが？》
「賊だろうが関係ない。死者を弔い、その魂の安寧を祈るのは人として当然のことだ」
《奇特なことだ。だが、いとし子の願いとあらば叶えよう》
ザイオンが銀色の瞳を一瞬光らせた後、スッと目を閉じる。
直後、男たちの亡骸を覆った闇色の靄がブワッと膨れ上がる。そのまま男たちは、己を包む靄ごとサーッと空気に溶けて消えた。
半瞬後には男たちの生きた証のいっさいと、部屋の乱れまでもが跡形もなく元通りになっていた。この部屋に賊の侵入があったと訴えたとて、信じる者はまずないだろう。
「ありがとう、ザイオン」
《こんなのは朝飯前だ。それより、そなたが先ほど口にしていた【闇の精魔力を使うのもこれが最後】というのはどういう意味だ？》
「言葉通りさ。こんな惨事を二度と起こさないために、俺はいっさいの魔力を封じる」

《魔力なしで今回みたいな事態にどうやって対抗する？　我の精魔力にも頼らんのだろう？》

ザイオンの試すような口ぶりにも、俺はもう動じなかった。

すでに覚悟は決まっていた。

「鍛えるんだ。剣技を磨いて、体術を身につけて。付け入られないよう、知略だって養う。そうして魔力に頼らなくとも、誰にもしてやられないくらい、俺は強くなる――！」

ザイオンを見据えて宣言した。これは俺の決意であり、誓いだ。

ザイオンはこれに異を唱えるでも、賛同を示すでもなく、やけに人間らしい仕草でヒョイとひとつ肩をそびやかしてみせた。

俺の闘志が満ち満ちる室内には、いまだ降りやまぬ雨の音が響いていた。

＊＊＊

――ザアザアと降りしきる雨の音が耳を打つ。

横殴りの風雨を受けた窓も、時折ガタガタと不穏な音を立てる。

それらの音を、浮上しかけた意識が拾う。

幾度か瞬きを繰り返し、俺は深く重い追想から目覚めた。

……夢、か。

鈍く痛む頭を緩く振り、寝台から半身を起こす。横目に見たザイオンは、寝入った時よりも中央寄りに位置を移し、悠々と惰眠を貪っていた。

「……まったく。人の気も知らず、のんきなものだ」

魔力を封印した、十二歳の〝あの日〟。

あの日以降、俺は宣言通り一度として魔力を使わず、己の腕と知略でもって立ち回り様々な危機を乗り越えてきた。同年に父王が死去し、それに伴って叔父でありジェニスの父でもあるジンガルドに王位を奪われた時も。叔父の策略で近隣諸国との戦で先陣に立たされた時も。

そんなふうにがむしゃらに日々を過ごしていれば、月日が経つのはあっという間だった。気がつけばあれから十三年、十二歳だった俺は二十五歳になっていた。

おもむろに視線を窓に向ける。

「それにしても、ひどい雨と風だ」

窓の外は、十三年前を彷彿とさせるような春の嵐が吹き荒れていた。吸い寄せられるように寝台を下り、窓辺に足を進める。

俺は実用的な筋肉がついた一九〇センチを越す長身を屈め、腰高窓から荒れ狂う空を仰ぎ見た。

その時。ひと際大きな雷鳴と共に激しい光が空を駆け、大地にぶち当たって弾ける。直視しがたいほどの強烈な閃光に、反射的に瞼を閉じた。

「っ、落雷か！　かなり近いな……被害がなければいいが」

《違う！　今のは落雷などではない！》

寝台で微睡んでいたはずのザイオンから、いきなり語気強く否定の言葉が返ったことに驚く。

「おいおい。今のが雷でなくてなんだというんだ？」

さらにどういう風の吹き回しか、大抵の物事には動じないザイオンが一目散に俺の横にやって来て窓枠に乗り上がる。そのままかじりつくように雷が落ちていった方角を見つめているではないか。

《あれはおそらく……いや、我にもまだ確たることは分からん》

いつになく興奮気味のザイオンを怪訝に思いながら尋ねたら、なぜかお茶を濁された。

俺はあえてそれ以上追及せず、再び目線を窓の外に移す。

するとどうしたことか。これまでの荒天が嘘のように、雨風が落ち着き始めているではないか。

「ほう。珍しいこともあるものだ」

見る間に好天へと転じていく空をザイオンと共に眺めながら、俺の中でこれから新たになにかが動きだす。不思議と、そんな予感を覚えた——。

春の嵐が吹き荒れたあの日から五週間が過ぎ、季節は晩春に差しかかっていた。暖かな陽気に誘われて今が盛りと春の花々が咲き誇る。

俺自身、花は好きだ。綺麗(きれい)な花々は人々の目を楽しませ、心を和やかにする。

一方で、違法な取引の隠れ蓑(みの)となるよう品種改良されたとある花の流通が、ここ数年王国幹部らの頭を悩ませていた。その花というのが違法な麻薬草だ。

この麻薬草、麻薬の生成に使われるのは果実に相当する部分で、やや特徴的な四枚の花弁を持つ花を咲かせる。これまで取締官らはその花を目印にして、順調に検挙を重ねていた。

ところが三年前、ブルマン港の植物防疫所で新種の麻薬草が押収された。それは女性人気の高いパピヨンローズに似せ、八重咲きに改良された新しい麻薬草で、非常に見分けがつきにくい。加えて、パピヨンローズは貴族、平民問わず人気で流通のルートが複雑多岐。そこにうまく紛れさせて、違法な麻薬が運び込まれたのだった。港で発見された時はすでに手遅れで、その後間もなく国内に流通し、気づけば王国中に蔓延してしまっていた。

三年前に植物防疫所で当局に拘束された男は下っ端の運び屋で、元締めにはつながらなかった。そして今なおそいつは野放しになっているのだ。

この状況を放ってはおけなかった。

俺はもともと己の権力や名声、富にこだわりはない。叔父は前国王の死去に際し、当時の国際状況や俺の若さ、王族でありながら魔力がないこと――これについては対外的には消失したことにして、その実俺自身が封印しているだけなのだが――等を理由に王太子であった俺を退け、ほとんど奪うような形で王位に就いている。

叔父は十三年経った今も、いつか俺が反旗を翻すのではないかと警戒しているようだが、俺は王国の平和さえ維持されていれば王冠は誰の頭上にあってもかまわなかった。

その叔父は地位と名声に固執する一方、政治のセンスはいまひとつ。叔父自身もそれを自覚しており、ここ数年は俺が日陰から彼の治世をフォローしていた。

そんな中で起こった今回の違法麻薬蔓延事件。俺はこの状況を打開するべく、去年から元締めと目されるカルマンという男の行方を追うようになった。

入念な情報収集の結果、行き着いたのが東地区だ。その中でもカルマンの目撃情報が多くあがったのは酒場や賭博場、娼館といったいかがわしげな夜の店々だった。連日連夜遊び人を演じ、一年かけて慎重に調査を進めた。

それがついに最終局面を迎え、カルマンの捕縛を実行すべく、今日ばかりは日の高い時間から行動していた。

《真っ昼間の外出はずいぶんと久しいからな。おぉおぉ、太陽が目に染みる》

俺同様、すっかり夜型の生活に慣れてしまった様子のザイオンが、足もとで両目を細めながらこぼす。

「ザイオン。酒場に着いたら、一気に踏み込む。カルマンはかなり慎重な男だ、油断するな」

すでにカルマンを検挙できるだけの証拠は揃っていた。加えて数日前、彼は行きつけの酒場二階の宿泊部屋にやたら警戒しながら手下になにかを運び込ませ、そのまま自分も連日宿泊している。

カルマンとグルの酒場はガードが堅く、さすがに宿泊部屋の中に入って荷物を見極めることはかなわなかった。そのため運搬に関わった彼の手下を調べることにしたのだが、その結果運び込まれたのは麻薬草の種とほぼ断定できた。おそらくこれから春まきに使う予定なのだ。

　これはカルマンの身柄と共に、麻薬草の種が押収できる千載一遇の好機だった。彼には魔力も武の心得もなく、俺はあえて単身で潜入することを選んだ。そう広くもない一室で複数人がなだれ込んでは、逆に身動きが取りにくいからだ。

　もちろん通り一本挟んだ場所には俺の配下を待機させており、捕縛が完了したら合図を送ってカルマンの連行及び、諸々の後処理を引き継ぐ手はずになっている。

《たわけ。我をなんと心得る。闇の精魔力を用いずとも、只人ひとりに後れはとらぬ》

　心外だとでも言いたげに、ザイオンがフンッと鼻を鳴らす。やけに人間くさいその仕草に、潜入前の緊迫した状況にもかかわらず思わずフッと口もとが綻んだ。

メーン通り沿いのいつもの場所に着くと、すでにカルマンさんが来ていた。私が委託栽培の話を受けさせてほしいと伝えたら、彼は満面の笑みで私に右手を差し出してきた。

おずおずと差し出した私の右手を彼はグッと握りしめ、『契約成立だ！　きっと私たちは最高のビジネスパートナーになれる！』そう高らかに告げた。彼が口にした『契約成立』と『パートナー』の単語に、なぜか背筋をゾクリとしたものが走り抜けたように感じたが、きっと気のせいだろう。

その後は、とんとん拍子に話が進む。なんと、カルマンさんは私の承諾を見込んですでに種を用意してあるという。そして善は急げとばかりに、彼は私を種の保管場所へ案内すると言った。引き続き花を売るミリアとはメーン通りで別れ、私はその場を後にした。

急な展開にさすがに驚いたけれど、ラーラと一緒なので心強かったし、『さっそく種を持ち帰って栽培を始めてほしい』と言われれば断ることはできなかった。

「え、ここですか？」

私はカルマンさんと連れ立って、今は明かりが消えてひっそりとした様相の酒場の前にたどり着いていた。

けっして上品な店構えとは言えない。本音を言えば、多くのビジネスを手がける実業家が使うには、似つかわしくない店だと感じた。

そんな私の内心を察したようにカルマンさんが告げる。

「ええ。見ての通り夜の商売の店ですが立地もいいですし、二階の宿泊部屋を常宿として便利に使わせてもらっています」

「あぁ、なるほど。メーン通りにもほど近い地区の中心地ですものね。たしかに、なにかと便利そうですね」

「それに宿泊部屋の方は案外綺麗なんです。それこそ、こうしてお客様をご案内できる程度には。さぁ、こちらです」

ラーラが入っているバスケットを胸の前にぎゅっと抱え、気を取り直してカルマンさんに続く。そうして通された二階の部屋。

「少しお待ちください」

彼は私を応接ソファに座らせると、そう言い残してクローゼットの方に消えた。しばらくして戻ってきた彼は三十センチ四方の木箱を抱えていた。

彼は私の対面のソファに腰を下ろし、私たちの間にあるローテーブルにその箱を置く。彼が蓋を開けると、木箱の中には茶色の薬瓶が複数入っていた。どの瓶もクッション材の上に種がぎっしりと詰められ、密閉されている。

「え⁉ こんなにいっぱい……！」

一般的に種は湿気と温度変化、光を嫌うから保管方法としては完璧だが、いかんせんその量の多さに目を丸くした。なんと瓶は全部で十六本もあった。

「あなたの植物栽培の手腕は素晴らしいですからね。可能な限り多く育てていただきたくて、少し多めに用意しています。それからこの保管の仕方なら問題なく一年以上持ちます。余力があれば半年後に、秋まきも試していただけたらと思いまして」

「たしかに年に二回収穫できたら、効率的ですね。ただ性質が難しいとも伺っていますし、うまくいくかお約束はできませんが。それでもよければやってみます」

カルマンさんと会話を始めてから、なぜかラーラは目に見えて不機嫌そうだった。私のすぐ横に置いたバスケットの中からこちらをジトリと眺め、パッタンパッタンとずっと不満げに尻尾を打ちつけている。

私がなだめるように襟足をこしょこしょと撫でてやっても、機嫌は直らなかった。

……どうしちゃったのかしら。いつもなら私がこうして撫でてあげると、喉を鳴らしてご機嫌になっちゃうのに。

「恩に着ます。とはいえ、その分あなたに手間をかけさせることになりますし……そうですねぇ。もし秋まきでもうまく収穫できたら、その時は二割多くお支払いしましょう」

「本当ですか！」

「もちろん二言はありませんよ」

品種改良前のもととなる花は春まきが主流だったと聞いているが、そういうことなら絶対に秋にもまいて立派に育ててみせよう。私は内心で意気込んだ。

……あ。そういえば。

「あの。ところで、これのもとになった花ってなんという花なんですか？　種からもとの花がまるで想像できないので、気になってしまって」

そうなのだ。私自身それなりに植物には詳しいつもりでいたが、この種にはまったく馴染みがない。

これが品種改良でできた新しい花だとしても、種の形はもとになった花とそう変わらないはずなのだが。よほど珍しい花なのか。

私のこの質問に、なぜかカルマンさんは眉をひそめた。

「たしかパピヨンローズの一種だったかな」

パピヨンローズの種とは形状がかけ離れている気がしたが、そういうものかと頷く。

「そうでしたか。どんな花が咲くのか、今から楽しみです。全力で栽培にあたらせていただきますね」

「期待していますよ。……では、こちらを」

カルマンさんは木箱の蓋をきっちり閉め、私に向かって差し出す。

私がソファから立ち上がり、両手で受け取ろうとした、まさにその瞬間——。

「それを受け取ってはダメだ！」

バンッと扉が打ち破られ、男性の鋭い声が響いた。

え？　この声は……！

ビクンとして、反射的に伸ばしかけていた手を引っ込めた。

次の瞬間、扉から飛び込んできたのは、三日前に麻薬中毒者に襲われているところを助けてくれた彼だった。そして彼は、彼の髪の色と同じ漆黒のネコを連れていた。

……まぁ、珍しい！　ラーラによく似た大きな耳と尻尾だわ！

ラーラと通じる特徴に思わず目が留まった。

背中がちょっぴり盛り上がって見えるのは長毛のせいだろうか。

ただごとではない空気の中、なぜか私の意識は彼のネコに向いてしまっていた。

「カルマン！　お前が麻薬草流通の元締めだという証拠はあがっている！　おとなし

くしろ！」

彼はそう叫びながら、木箱を投げ出して突き出し窓に向かって駆けだしたカルマンさんを流れるような動きで捕まえ、手早くその両手に拘束具を嵌める。

次に口に猿轡を噛ませたのは、声を封じるよりむしろ自死や自傷を警戒しての対策なのかもしれない。

そうして彼はカルマンさんが逃走できないよう拘束具の反対側をベッドの脚に留めつけてから、床の上に転がった件の木箱のほか、文机の引き出しやトランクの中に入っていた書類などを軒並み回収していく。

これはいったい何事？

私は目の前で展開される一連の出来事を、瞬きすら忘れて見つめていた。

……そういえば、さっき彼は『麻薬草』と言っていなかったか。ふいに思い出した不穏な単語。

まさか、私は麻薬栽培に加担させられそうになっていたのではないか。

思い至った現実に肌がぞわりと粟立ち、身の内から湧き上がる恐怖に全身が震えだす。

もしかして、私もなにがしかの罪に問われるのではないだろうか？

お芝居のようだと眺めていた出来事が、一気に自分ごとになって降りかかる。口約束ではあるが私は委託栽培を了承し、すでに契約は成立している。加えて踏み込まれたのは、まさに私が麻薬草の種を受け取ろうとした瞬間だ。私の関与は明らかで、麻薬草だと知らなかったと訴えて、果たしてそれを信じてもらえるのか。

「おい？　どうした？」

すぐ近くでなにか聞こえたような気もするが、今はそれに意識を向ける余裕がない。頭の中は、今後の不安で埋め尽くされていた。

もし、孤児院の子供たちや院長、家族に迷惑をかけることになったら、私は……っ！

そこまで考えたところで、急に床を踏んでいる感覚があやふやになり、膝からカクンと力が抜ける。

「おいっ！　大丈夫か⁉」

……あ。床に崩れ落ちる直前で、横から伸びてきた腕に体が支えられた。相当鍛えているのだろう。私の腹部に回った彼の腕は筋肉質で硬い感触を伝えてくる。

ギシギシと軋むような動きで顔を上げると、印象的なあの瞳とぶつかる。前回同様、宝石みたいなその目に吸い込まれてしまいそうだと感じた。

彼は、私を助けてくれた人。同時に、私を捕まえて断罪しようとするかもしれない人でもある。しかしこの時、不思議と私の胸に、彼に対する恐怖は湧いてこなかった。

「……す、すみません。もう、平気ですから」

しどろもどろに口にする私に、彼は眉を寄せた。

「とても平気には見えない。ひとまず座るんだ」

彼はそう言って、ヒョイと私を抱えてソファに座らせてしまう。いくら平均より小柄とはいえ、人ひとりをほとんど片腕一本の力で持ち上げてしまうパワーに目を丸くした。

「あの！　私はなにか罪に問われますか？　信じてもらえないかもしれませんが、私、知らなくて……っ」

彼に対する恐怖心はなくとも、この後私を待ち受ける処遇には不安しかない。私は座らされたソファから身を乗り出すようにして尋ねた。

「大丈夫だ。悪いようにはしない」

彼は私を安心させるように答え、視線を私の後方に移した。

若干の疑問を感じつつ彼の視線の先を追うと、いつの間にかバスケットから飛び出したラーラが、彼が連れていた黒ネコと『ニャー』『みゅー』と鳴き合っているではないか。

明らかに、二匹は会話をしていた。ただし、しきりに話しかけているのは黒ネコで、ラーラはそれに困ったように小さく鳴いて答えていた。

「あのネコは君のか？」

「はい、ラーラといいます」

「……そうか。君は？」

「え？」

「君の名はなんというんだ？　三日前、君の名を聞いておかなかったことをずっと後悔していた」

きっと、特段の意図があっての質問じゃない。だけど、彼が私に関心を示してくれている。その事実が私の胸を高鳴らせた。

「あ、ティーナといいます」

ドキドキしながら答えたら、彼は破顔して私の名前を噛みしめるように反芻する。

「ティーナ、いい名前だ。すまんが俺の名は、彼らがカルマンを運び出した後で伝える」

……彼ら？　一瞬なんのことかと思ったが、すぐにこの部屋に近づいてくる複数人の足音に気づく。

直後、開け放ったままの扉から屈強な三人の男性たちが飛び込んできた。

「閣下！　ご無事ですか」

男性たちが、私の横に立つ黒髪の男性に『閣下』と呼びかけたことに驚く。

いち取締官だと思っていたが、もしかしたら高い地位の人なのかもしれない。

「当然だ。そちらの首尾は？」

「ハッ。協力関係にあった酒場の店主とカルマンの手下二名を拘束しています」

「そうか、ご苦労だった。カルマンの身柄も連行を頼む」

「……あの、そちらのご令嬢はよろしいので？」

男性たち三人からの物問いたげな視線を受けて、ビクンと肩が跳ねる。

ところが、黒髪の彼がそれらの視線から隠すようにスッと私の前に立ち、きっぱりと断言する。

「彼女は関係ない。さっさと連れていけ」

「ハッ！」

男性たちはそれ以上追及することなく、リーダーらしき人がカルマンさんを、ほかのふたりが押収した書類などの一式を抱えて部屋を後にした。

扉が閉まり、彼らの足音が完全に聞こえなくなったところで、彼が私に向き直って口を開いた。

「俺の部下たちが不躾に、すまなかった」

「そんな、困ります！　謝らないでくださいっ」

そう。状況的に見れば、むしろ私も一緒に連行されていたっておかしくないのだ。

少なくとも、聴取の対象になるのは避けられないだろうと思っていた。

それなのに、なぜ初対面の私をこうもすんなり信用してくれるのか。

「そうか。ではティーナ、改めて俺はファルザード・グレンバラだ」

彼がフッと口角を緩めて名乗る。

「えっ！　グレンバラ公爵様⁉」

彼の口から飛び出した予想だにしない大物の名前に慄く。

グレンバラ公爵といえば前国王の息子で、現国王のジンガルドは彼の叔父にあたる。

彼は魔力にこそ恵まれなかったものの、利発な王子で将来の治世を嘱望されていたという。

前国王の急死に際し、彼の年の若さや当時の隣国との差し迫った状況などが考慮され、最終的に王位に就いたのは彼の叔父だったわけだが。それでも今なお、正当な王位継承者は彼だったと密やかに囁かれている存在だ。

　そんな彼が、まさか違法な麻薬取引の摘発をしていようとは誰も思うまい。

「ファルザードと呼んでくれ。爵位で呼ばれるのはどうにも馴染まない。なにぶん十三年間、表舞台にいっさい出ていないものでな」

「まぁ、そうなのですか？」

「ん？　その所作や言動を見るに、ティーナは貴族の令嬢だろう？　それなりに知られている話だと思ったんだがな。君がこれまで参加してきたパーティーなどでも、俺を見かけたことはないはずだ」

「……すみません。一応侯爵家の者ではあるのですが、私も社交界とは縁が遠くて。存じ上げませんでした」

　気まずく言いよどむ私を彼は不思議そうに見ていたが、それ以上追及はしてこなかった。

「そうか。いずれにせよ、公爵の看板を掲げて歩く気はさらさらないからな。やはり俺のことはファルザードで頼む。それに、普段から貴族らしいお上品な暮らしはしていないんだ。俺に対し過剰に謙ったり丁寧にしたりせず、自然体の君で接してくれたら嬉しいよ」

……自然体の私。彼が口にしたその一語は、スーッと私の中に染み入った。

「分かりました。では、今後はファルザード様と呼ばせていただきますね」

最初の出会いが出会いだったからか、彼に対し緘黙の症状は出なかったが、それでも身分を聞かされれば当然のごとく身構えた。

それが彼の言葉でスルリとほどけ、気づけば自分自身驚くほど気負わず、滑らかに答えていた。

「お、いい感じだ」

精悍な顔をクシャリとさせて笑う彼から、なぜか視線が離せない。

……ファルザード様は不思議な人だ。彼の人徳のなせる業なのか。王族とか、貴族とか、そんな垣根を越えて、私の心の内にたやすく入り込んでくる。

「それにしても、まさか捕縛を決行する日に種の引き渡しが行われようとは思ってもみなかった。しかも、その相手が君だとは、とんだ偶然もあったものだ。ティーナは麻薬草だと知らずに栽培を請け負おうとしていたんだろう？」

「その通りです。ですが、どうしてファルザード様はすぐに私のことを信じてくださったのですか？」

「それは、ザイ……いや。まぁ、なんだ。長く王国の秩序を裏から支える仕事をしているからな。それなりに人を見る目は磨かれているんだ。君が悪人でないことぐらい、分かるよ」

ええっと。ということは、職業柄、私を善人だと見極めたということなのか。

彼の答えはどことなく歯切れが悪く、もしかするとそれは建前で、なにか確実に人を見分ける術を持っているのかもしれないと感じた。

その時。

ファルザード様の連れていた黒いネコが、トトトッと私の足もとにやって来る。

「ん？　どうしたのネコちゃん？」

ネコは神秘的な銀色の瞳でジッと私を見上げ、なにかを訴えるように鳴く。

『ニャー』

……なんだろう？　私になにか、伝えたいことでもあるのかしら。

「分からんか？　そいつは君に、『自分はザイオンだ』と名乗ったのさ」

横から、さも本人がそう言っているかのようにネコ語を代弁してみせるファルザード様に、自然と頬が緩む。

「まぁ、そうだったの。とっても素敵な名前ね。私はティーナよ、よろしくねザイオン」

ところが笑顔の私とは対照的に、なぜかこちらを見つめるファルザード様の表情は硬い。気のせいかもしれないが、ザイオンの瞳にも落胆の色が浮かぶ。

なに？　私、なにか失礼なことを言ったかしら。

「……なぁ、ティーナ。君の目にそいつはどう見えている？」

「どうって、しなやかで美しいネコちゃんよね。それに、とってもお利口そうだわ」

答えた瞬間、ファルザード様とザイオンは揃って肩を落とした。

えっ？　今度こそ、ガッカリしているのが丸分かりの反応。私は冷や水を浴びせかけられたような心地がした。

褒めたつもりだったのだが、どこがダメだったのだろう。人であろうがネコであろうが、期待を裏切り、失望させてしまうのはとてもつらい。

緘黙の症状は出ていないのにうまく立ち回れない自分自身に、悔しくて歯噛みした。

するとその時、少し離れたところにいたラーラがトテトテとこちらに歩いてくるのに気づく。

「ラーラ。いらっしゃい」

ラーラを抱き上げようと手を伸ばした。ところが、なぜかラーラはそれを素通りし――。

『みゅーあ！』

まるで『いじめちゃメッ！』とでも言うように、てしっ、てしっ、とファルザード様の脛とザイオンの横っ面を続けざまにパンチした。

「うおっ！」

『ニャッ⁉』

パンチとはいっても、しょせん子ネコの繰り出した可愛いものだ。物理的なダメージはほぼゼロのはず。

それなのに、なぜかふたりは地面に蹲って悶絶していた。

……あぁ、なるほど！　やられたフリまでして、ラーラに付き合ってくれているのね。

気のいいひとりと一匹の姿を眺めていると、さっきまでの悲しい気分はいつの間にかほっこりと和やかなそれへと変わっていた。

【第三章】事件、そして縮まるふたりの距離

これからカルマンの部屋に突入しようという、まさにその刹那。
すぐ横を並走していたザイオンが、予想だにしない台詞を叫んだ。
《光の精霊がいる……！》
なんだと⁉　精霊がいる——それはすなわち、俺と同様、精霊の加護を持つ者がいるということだ。

扉の向こうにいるのは、まさかあの時の彼女か……⁉

室内にカルマンとは別にもうひとり女性がいることは、すでに配下からの緊急報告を受けて把握していた。捕縛対象に女性がひとり増えたところで後れを取る俺ではないし、なにより今さら計画中止はあり得ない。むしろ、女性がカルマンの協力者ならばまとめて捕縛をするいい機会だとすら思っていたのだが。

一瞬の間に三日前の出来事が脳裏をよぎる。

酒場の調査の夜勤明け、ひとりで帰路についていた俺は、麻薬中毒者に襲われていた少女を助けた。助けに入る直前、『みゃーっ《あぶなーい》』と耳にし、少女の周囲

にふわっと一瞬光の粒子が見えたような気がした。魔力を封印しているのに、なぜそんなものが見えるのか。奇異には感じつつ、光はほんの一瞬で消えてしまったし、精霊らしき姿は確認できず、気のせいだと思った。

その日はさらりと別れ、俺の権限の及ぶ範囲で警らを増員して警備を増強させた。やるべきことをやったのだから、普通ならこの一件はもうおしまいにするところ。だが、それ以降不思議な状況を思い返すにつけ、「いとし子？　まさか」と気になっていたのだ。

「っ、まずは潜入し計画通りカルマンを捕縛だ！」

内心の動揺を振り切るように、ザイオンに叫び、目の前に迫っていた扉を勢いよく開け放った。

そこにいたのは、やはり三日前のあの少女だった。そして今回は、彼女のすぐそばにザイオンとよく似た特徴を持つ精霊の姿が確認できた。ただし、その背に羽はなかったが。

その瞬間。俺は理屈ではなく、本能で理解していた。

彼女は紛うことなく光の精霊の加護を持ついとし子。そして、俺と同じ運命を背負った同志であると。

「それを受け取ってはダメだ！」

彼女の行動を制し、半ば体に染みついた習性でカルマンの捕縛に動きながら、俺は己の命があるうちに同じ苦悩を分かち合える存在と出会えた奇跡に魂を震わせていた──。

──その僅か数分後。

俺は彼女の精霊・ラーラから脛に食らった攻撃の余波に震えていた。

《うぬぬ。てんで話にならぬしょんべんたれと思うておれば、なんとえげつない攻撃をしおってからに……まだビリビリしておるぞ》

俺の隣で同じようにうずくまって震えていたザイオンが歯噛みしながら訴えたら、ラーラが無邪気にコテンと小首を傾げた。

《あたち、しょんべん垂れないもん》

……なにも言うまい。

たとえラーラが精霊の中でも最高位の光の精霊でありながら、生まれたばかりの赤子のような未熟さだろうとも。

それゆえ、いまだ己のいとし子であるティーナと意思疎通すらままならず、ティーナにいとし子の自覚がなかろうとも。

《ファルザードよ。そなたもなんとか言ってやったらどうだ。そうだ、人語でティーナの方に【躾がなっていない】とでも伝えてやればよかろうに》

ザイオンが俺に水を向けてくる。

本音を言えば、俺とてネコパンチと見せかけた光の精魔力の攻撃が繰り出せるなら、ぜひともティーナとの意思疎通の方を優先してほしいと思ってしまう。しかし、こんなふうに考えること自体が、そもそも俺のエゴだ。

精霊のいとし子という事実は重く、その影響力は多大だ。俺は〝あの日〟までいとし子として過ごしてきたが、人智の及ばぬ精霊を御するのは並大抵の苦労ではなかった。……いいや、正確には御しきれずに、今も苦肉の策で魔力を封印して暮らしている。

これまでに存在するいとし子の数は不明だが、過去の資料に記録があった数人は皆女性で、全員が救国の聖女として名を残す。しかしその誉れの裏で、いとし子の血欲しさに、奪い合いから争いが起きたり、体を狙われたり、その苦痛から自ら命を絶った者がいたり。過去のいとし子の人生は悲惨だ。

俺は男であったし、亡き生母の助けもあって、なんとかいとし子である事実を周囲に認知されずにここまでこられたが、ひとたび女性が異能の魔力を発動させればそうはいかないだろう。ティーナにしても王家に望まれて、自由を制限される可能性は高い。

「あわよくばこのままで」と思わないわけがない。しかし、精霊がいとし子に加護を与えなかった例はなく、通常は必ず意思の疎通ができる。今は幼くとも、ラーラも成長すれば、いずれティーナと言葉を交わすようになる。そうなれば、彼女はすべて知ることになる。そして望む望まないにかかわらず、いとし子としての定めから逃げられない。

ただし、幸か不幸かラーラにいまだ覚醒の兆しはない。ならば、その日を急ぐことはない。まだ、しばしの猶予があっていい。

……だからそう。この件に関し、俺はなにも告げるまい。

無視を決め込む俺を見上げ、ザイオンがヒョイと肩を竦(すく)める。

《ヤレヤレ。日和見なことだ》

《闇のおじちゃん、うるちゃい》

《ぬぁあ、なんと小憎たらしいっっ。それに我はおじちゃんなどではなく、ザイオンだ！》

「ふふっ」

ん？　横のソファから聞こえてくる笑い声に気づいて視線を向けたら、ティーナが足もとでやいやいと言い合う二匹を眺めて頬を緩ませていた。寛いだ様子とその顔色を見るに、具合はもうだいぶいいようだ。

こうして改めて見てみると、実に可愛らしい少女だと再認識させられる。

華奢な肢体に、暖かな春の陽だまりを思わせるふわふわのストロベリーブロンド。髪と同色の長い睫毛に縁どられた瞳は澄んだ湖面を思わせる淡いブルーで、ちょっぴり垂れた目尻が文句なしの美貌を親しみやすい印象にしている。

肌は日焼けを知らぬ白さだが、えくぼが浮かぶ頬は薄っすらと桃色に染まり、思わずつつきたくなる愛らしさだ。

すると、俺の視線に気づいたのかティーナがふいにこちらを見た。どうやら無遠慮に見つめすぎてしまったらしい。

慌てて謝罪を口にしかけるが、それよりも一瞬早くティーナが無邪気に俺に話を振った。

「二匹とも、すっかり仲良しになったみたいですね。いったい、どんなおしゃべりをしているんでしょう」

ザイオンの加護により、俺には精霊の鳴き声が意味を持つ言葉として聞こえている。ラーラの鳴き声もまた然り。

しかし、幼いラーラの加護が完璧に及んでいないため、ティーナにはそれが分からないのだ。彼女は俺と同じ運命を背負う存在ではあるが、今のところ同じ苦悩を分かち合える存在ではなかった。正直、肩透かしと言われればそうかもしれない。

けれど思考の切り口を少し変えてみると、俺が彼女のよき理解者となり、支えとなってやることならできる。

今後ラーラがどのように成長し、いつティーナと意思の疎通を可能にするのか。まったくの未知数だが、物心つくかつかないかの頃からいとし子として過ごしてきた俺の経験値は、きっとティーナの助けになるだろう。

その役を果たせることを、存外前向きに捉えている自分がいた。

「きっとザイオンが先輩風でも吹かせているんだろう」

「まぁ！　それは頼もしいですね！　ふふっ、いい先輩ができてよかったわね、ラーラ」

《これ、勝手なことを申すでない！》

《ちっともよくにゃい》

精霊コンビは不服そうだが、その声はピッタリとハモっている。

なるほどな。ティーナの言うように、二匹はなかなか相性がよいと見える。

「あの、ファルザード様。私、そろそろ……」

「ああ、帰るのなら送っていこう。家は中央地区か？」

貴族邸宅が多く建ち並ぶ地区をあげれば、ティーナは首を横に振る。

「屋敷は中央地区なんですが、まだすぐには帰りませんから送りは結構です」

「なに。寄りたいところがあるのなら、そちらを回って帰ればいい。遠慮はいらん」

「いえ。遠慮ではなく、メーン通りで人を待たせているので」

なんと、連れがいたのか。……まさか、男ではあるまいな。

ティーナはおそらく十代半ばぐらいだろうが、同年の少女らの中にはそろそろ婚約者を決めたり、恋人を持ったりする者も出始める時期だ。たとえ待ち合わせているのが男だとしても、俺がとやかく言うことではない。

そう頭では理解しているものの、よぎった想像になぜか胸がもやもやした。

「では、メーン通りまで送ろう。ラーラはあれに入れるのか？」

ティーナの答えを待たず、ラーラを片手でヒョイとすくい上げながら問う。

《きゃん？》

「え⁉ あ、はい。そこのバスケットで運びます。まだ、そんなに長く歩けないので」

「そうか」

強引な自覚はあったが、ティーナがいとし子だと知ったからには、確認しておかなければならないことがあった。俺が送っていけば、歩きながら話す時間が取れる。

けっして待ち合わせている相手の存在が気になったから、などという理由ではない。そう、けっして。

「では、行こうか」

「はい」

ソファから立ち上がるのを支えようと手を差し出したら、彼女は恥ずかしそうに俺の手を取った。

彼女は羽のように軽く、ほんの僅かに引くだけでふわりと床に立ち上がった。

ラーラの入ったバスケットを手渡し、彼女の背中にそっと手を添えて扉へと促す。

すると、着衣越しにも彼女のそわそわした様子が伝わってくる。男慣れしていない初心(うぶ)な反応にホッとするのと同時に、浅ましい独占欲が湧いてくるのを感じた。

酒場を出ると、並んで通りを歩きだす。

彼女が腕にぶら下げたバスケットからは、時折尻尾の先がチョロチョロと覗いており、それをザイオンがなんとも言えない目で見上げていた。

界を跨いで出会った同胞がまさか自身と並ぶ最高位の光の精霊であったことも、その精霊がどんな運命の悪戯か、赤ん坊のように未熟だったことも、きっと、どちらもザイオンにとって相当な衝撃だったに違いない。

「時にティーナ。少しだけ踏み込んだことを聞かせてもらってもいいだろうか」

彼女が待ち合わせ場所にしているという、メーン通り沿いの馬車駅までは十分とからない。あまり時間もなかったため、早々に話を切り出した。

「えっと。私がお答えできることなら。なんでしょう？」

「君は魔力を持っているか？」

魔力とは、万物に働きかけ、そこからエネルギーを引き出す能力を指す。

誰がどんな性質の魔力をどの程度持っているかというのは、かなり繊細な内容だった。

「……とても弱いですが、あるにはあります」

僅かな逡巡の後、彼女はそっと答えた。

「それを日常的に使うことは?」

ティーナはこの質問に即座に首を横に振った。

「ありません。私の姉などは魔力で譜面をめくりながらそれはそれは美しいピアノの演奏をするのですが、私はとても日常的に使えるほどの魔力なんて……」

ティーナは姉のことを尊敬のこもる目で語る一方、自分のことは尻すぼみにそう言って肩を落とした。

その寂しげな様子を見るに、もしかすると魔力の弱さを理由に家庭内で窮屈な思いをしているのだろうか。現実問題、高位貴族の中には必要以上に魔力を崇拝する魔力至上主義者も少なからずいた。

「もしや、魔力が低いせいで肩身の狭い思いをしているのか?」

魔力は一般的に高い方が尊ばれるが、魔力というのはけっして万能ではない。それどころか、用途は極めて限定的。

魔力があっても大抵の人は僅かに風を起こしたり、物を浮かせたりがせいぜい。直接火をおこしたり、水を出したりできる者となると数えるほどになる。そんなあってもなくても変わらないような能力に俺自身は特段意味を感じないのだが、周囲はそうもいかないらしい。

「とんでもない！　うちに限っては、そんなことはありません！　両親やお姉様はこんなに至らない私に、これ以上ないほど優しくしてくれています」

　こんなに至らない？　言い回しにやや引っかかりを感じたものの、思いがけず強く否定されて慌てて謝罪する。

「すまない。けっして君の家族を悪く言うつもりはなかったんだ」

「はい、それはもちろん分かっています。ファルザード様も魔力のことではいろいろご苦労が多かったとお察しします。だからこそ、私のことも心配してくださったんですよね」

「俺は……いや。まぁ、そうだな」

　これには曖昧に頷いておく。

いずれにせよ、彼女が日常的に魔力を使っていないなら、ラーラがそれに干渉する機会もまたないということ。現状、神精魔力が発動する可能性は極めて低いだろう。

　今日のところは、ひとまずこれが確認できただけでも十分だ。

「ファルザード様がこうやって私のことに親身になってくださったの、すごく嬉しいです。ありがとうございます。……でも、どうして魔力のことを？」

「あぁ。これからあの酒場をはじめカルマンの身の回りは詳細に調べられる。調査官の中には他者の魔力の残滓を感じ取る者もいてな。今回の一件が明るみに出てしまうのは、君にとってうまくないだろう？　それで、君が魔力を使っていなかったか、ふと気になった」

魔力のことを確認したかったのは、ラーラの光の精魔力による増幅で神精魔力が発動するのを危惧したからだ。

しかし、ティーナに今語ったのも、まったくの嘘ではない。実際、調査官の中にはそういう魔力の使い方ができる者がいる。もっと言うと、そんな奴らは魔力の残滓うんぬん関係なく、対象物に残ったなにかしらの痕跡を魔力で分析してそれに接触した個人すら特定してしまうのだが。

「まぁ、魔力で他者の魔力を⁉　そんな使い方ができる人がいるんですね」

「世間に広く知られたい能力ではないから、一応ここだけの話にしてもらえたらありがたい」

ただし、後にも先にもそんな器用な魔力の使い方をする者は奴だけだろう。俺の副官でもあるヘサームを思い起こし、苦笑を浮かべた。

そのヘサームは緻密な分、融通が利かない性格をしている。そういう意味では、種の入っていた箱にティーナが触れる前に止められたことはよかった。奴が彼女のことを知れば、どうして正式な手順で聴取をしないのだとうるさく噛みついてくるのは目に見えていた。

「もちろんです」

「後は型通りではあるんだが、念のため君がカルマンから委託栽培を受けるに至った経緯を聞かせておいてもらっても？」

「はい。そもそも私が彼と最初に会ったのは――」

そうして彼女から聞かされたのは、いかにも彼女らしい優しさと献身が垣間見える事情だった。

「――なるほど、孤児院で花の栽培のサポートをしていたのか。それにしても、往来で花売りをしていて目をつけられたというんだから、よほど素晴らしい栽培手腕を持っているんだな」

「すべて我が家の庭師から得た知識のおかげです。ほぼ自生のような状態の植物がその道のプロ直伝の栽培手順で見違えたようになるのは、ある意味当然です。変化が分かりやすかったので、結果的に犯罪者の目も引いてしまったようですが」

「ふむ」

謙遜とも取れるが、一方でたしかに彼女の言い分も一理ある。聞くともとの状態は相当悪かったようだから、彼女の栽培技術がより際立ってよいように見えたのは間違いない。

そうこうしているうちに、彼女の待ち合わせ場所になっている馬車駅が目の前に見えてきた。

その時。

「ティーナ！」

馬車駅に手持ち無沙汰な様子で立っていた栗色の髪と目の十歳くらいの少女が、ティーナを視界に映すや一目散に駆けてくる。

「ミリア！」

勢いよく飛び込んできた少女を、ティーナがその胸に抱き留める。勢いを殺しきれず後ろにたたらを踏む彼女を、俺は咄嗟（とっさ）にその細い背中に手を添えて支えた。

「ごめんなさい、ミリア。待たせちゃって、心配かけたわね」

「うん。遅いからちょっと心配してた。でも、ちゃんと戻ってきてくれてよかったよ！」

このミリアという少女の格好から、ティーナが通っている孤児院の子供だとすぐに分かった。

「ティーナ。もしや君は、この子と待ち合わせを？」

「はい。今日はもともとこの子と一緒に花を売りに来ていたんですが、カルマンさんと会って急遽種を受け取る流れになって。それで、別行動を」

「そうだったか」

待ち合わせ相手が男ではなかった。そのことに、ひどくホッとしている自分がいた。

「……なぁ、ティーナ。この胡散くさい人、誰？　カルマンさんと一緒だったんじゃないの？」

ティーナの腕の中から、ミリアがこちらにチラチラと不審そうな目を向けてくる。

しかも胡散くさいとはまた、ずいぶんな言いようだ。

「実はね、ミリア。カルマンさんとの取引はしないことになったの」

「えっ⁉」

「カルマンさんからのお話自体が違法なもので、ちょうどその件を調査していたファルザード様が気づいて助けてくださったのよ」

ティーナはミリアに事情をかいつまみ、かつ深刻になりすぎないよう、上手に説明をしていた。ついでに俺のこともうまく立ててくれるあたり、本当によくできた娘だと感心する。

「嘘。そうだったんだ」

「ごめんなさい。定期収入が入るだなんて、期待させてしまって」

「ううん、そんなのは全然いいよ！　ティーナが危ない目に遭わなくてホッとした。……おじさん、ティーナを助けてくれてありがとう。おじさんは調査官だったんだね、胡散くさいなんて言ってごめんなさい」

ティーナから説明を受けたミリアは、さっきまでの態度が嘘のように俺に向かって殊勝に頭を下げた。

子供ゆえ短絡的な発言はするが、それを素直に謝罪できる。そしてなにより、一番に人のことを思いやれる。

……なるほど、真っ直ぐで気性のいい子だ。これはティーナが目をかけずにいられなくなるわけだ。

「頭を上げてくれ。俺はファルザードという。聞いての通り、事件を調査する中でティーナに出会った。彼女が大事に巻き込まれる前に収められてよかったよ」

本当は調査官ではないのだが、まぁ、似たようなものか。

なんにせよ、カルマンの捕縛だけでなく、犯罪の片棒を担がされそうになっていたティーナをこの手で助けることができたのだから、自ら一年かけて地道にやってきた甲斐もあったというものだ。

「あたしはミリアだよ。近くの孤児院に暮らしてる」

「そうか。ふたりとも送っていこう」

「いえ、ファルザード様。そこまでしていただかなくて大丈夫ですから」

「だが、先日のこともある。俺が心配なんだ」

真っ直ぐに彼女の目を見て告げれば、ティーナの頬にポッと朱が散る。もじもじと気恥ずかしそうにする様子は初々しく、つられて俺までむずがゆい心地になる。

「お気持ちはとても嬉しいです。でも、ここは毎日ミリアと花売りで通っている道ですから、そうそう先日の市場の時のようなことは起こりません。顔見知りも多いですし、それに最近は警ら隊の方たちも多く巡回しているので安心です」

「そうだよファルザード様！　あたしだっているんだぞ。ちょっと過保護なんじゃないか？」

なっ⁉　年端もゆかぬ少女からの思わぬ指摘に声が詰まる。そんな俺を見て、ティーナがくすりと笑みをこぼす。

その愛らしさにまた魅せられる。彼女の一挙手一投足にこんなにも心揺り動かされるのはなぜなのか。

「ファルザード様、私にはこんなに頼もしいナイトもいるんです。だから、なにがあるはずもありません」

「なるほど。ではミリア、彼女に付き添う役目を、君に任せても大丈夫かな？」

本音を言えば孤児院までどころか、そこから先の自宅までだって俺が送っていきたいところだが、これ以上食い下がるのはさすがに野暮だろう。

それにまだ時間は早い。孤児院で用事などを済ませても十分に日は高く、往来に危険もないはず。

「うん！　もう真っ直ぐ孤児院に帰るだけだし、問題ないよ。任せて！」

「そうか」

「ファルザード様、今日は本当にありがとうございました」

ティーナが綺麗な所作で、俺にそっと腰を折る。

「なに。さっきも言ったが、大事にならなくてよかった。それじゃあな、ティーナ」

ポンッと彼女の肩を叩き、ふたりに背を向けてきた道を歩きだす。

《またな、チビ助》

ザイオンがラーラをからかうように告げ、颯爽と俺の後に続く。

《あたち、チビ助じゃないもんっ》

ティーナの腕のバスケットの中から、おかんむりのラーラが叫んでいた。

それを見てカラカラと笑うザイオンは、いつになく楽しげだった。普段クールなザイオンにしては、珍しいこともあるものだ。

「ばいばーい！」

「ありがとうございました！」

今くらいの時間にこのあたりに来れば、また花を売りに来ている彼女に会える。孤児院を尋ねていくことも可能だ。

……そうだな。ラーラの状況も気にかかるし、また様子を見に来るとしよう。

背中にかかるふたりの声に、後ろ手にひらひらと手を振って応えながら、俺も早々に彼女とまた会うことを考えだすのだった。

麻薬栽培に加担させられそうになっていたところをファルザード様に助けられてから三日が経ったある日。

「いいからいいから。残り物だからさ、遠慮しないで持ってってみんなで分けとくれ！」

ミリアと花売りをしていると、顔馴染みの食料品店の店主が大量の土産をくれた。

「やったね！　おばちゃん、ありがとう！」

「すみません、ありがとうございます」

花で手が埋まっているミリアの代わりに、私が大きな紙袋を受け取った。

袋の中には小麦の加工品のほか、瓶詰や生鮮野菜までぎっしり詰められており、腕にズシリときた。

「ティーナ、持たせちゃってごめんな。重くないか？　あたしも少し持つか？」

「これくらい全然平気よ。それにミリアはお花を売るのに、手を空けておかないでどうするの。さ、行きましょう」

心配そうに見上げるミリアに微笑んで、先を促す。少し進んだところで、ミリアはお客さんに声をかけられて応対を始めた。

その直後。

「重そうだな。持とう」

声と同時に後ろから腕が伸びてきて、ヒョイと紙袋を掴み上げる。

えっ⁉

「ファルザード様！」

振り返ると、ファルザード様が私の腕から取り上げた紙袋を軽々と抱えて立ってい
た。彼の大きな手の中にあると、あれだけ嵩張って重かった紙袋もひどく小さく見え
るから不思議だ。

しかも私は両腕に抱えていたのに、彼は片腕一本で持ってしまっている。……本当
に逞しいのね。

「久しぶりだな、ティーナ」

白い歯を見せて気さくに微笑む彼の笑顔が目にまぶしい。

「あの、どうしてここに……？」

「東地区で人と会う予定があったんだ。それが思いのほか早く終わってな。ちょうど
いい、このまま孤児院まで送っていこう」

「よろしいのですか？」

「もちろん。せっかく久しぶりに会ったんだ。もう少し君と話したい」

私と話したい……？　彼の言葉にトクンと胸が鳴る。今まで、誰かからこんなふう
に言ってもらったことはなく、そわそわと落ち着かない。だけど、間違いなく嬉しく
て、いやが上にも気持ちが弾む。

「私もお会いできて嬉しいです。荷物も重いのに、ありがとうございます」

「なに。このくらいなんでもない」

その時。ファルザード様の足もとでザイオンが鳴き声をあげ、それを耳にしたララが、腕に下げていたバスケットの中から私に訴える。

『みゅー』

なんとなく、ララの言いたいことが分かる。

「下ろしてほしいのね？」

私が腰を屈めると、ララはぴょんとバスケットを飛び出して、ザイオンと並んで何事か話しだす。

「ふふっ。やっぱり仲良しさんなのね……きゃっ」

微笑ましい思いで二匹の様子を眺めていたら、向かいから歩いてきた人と肩がぶつかりそうになってしまう。

咄嗟にファルザード様が荷物を持つのと反対の腕で私の腰を引き寄せる。その勢いのまま彼にもたれかかるような格好になり、私の頬が弾力に富んだ彼の胸板にぽふんと触れる。

嘘っ！　私ったら彼の胸に……なんてこと！

「ほら。ぼんやりしていたら危ないぞ」

「す、すみません！」

顔から火が出そうなくらい熱くなり、あまりの居たたまれなさに身が縮む。しかし、対する彼に動揺した素振りはなく、いたっていつも通りの平常運転だ。

……やだ、私ったらひとりで動揺して恥ずかしいわ。

「なに。それにしても今日はずいぶんと人通りが多いな。またなにかあったら心配だ、このまま行こう」

慌てて体勢を立て直し、距離を取ろうとしたけれど、それよりも一瞬早く彼が私の腰に回したままの腕にキュッと力を込める。

「え⁉　は、はい……っ！」

嘘でしょう⁉　このまま彼に腰を抱かれながら歩くだなんて、そんなの心臓が持たないわ。

私の内心はあっぷあっぷ。だけど断るに断れず。結局、コクコクと首を縦に振るのが精いっぱい。

「あれ！　ファルザード様だー！」

そうこうしているうちに花売りを終えたミリアも合流し、三人と二匹で孤児院に向かう。その間、私はずっとファルザード様に腰を抱かれたままだった。

こんなに男性と密着したのは初めてのこと。戸惑いや羞恥を覚えるのはもちろんだが、一方でなぜかこの時間が嬉しくて、ずっとこうしていたいと思った。それに全身が、ずっとふわふわと浮き立つような心地がしていた。

その感覚は彼と別れ、屋敷に帰った後も、ずいぶん長いこと尾を引いていた。

今日も花の世話をしようと、昼過ぎに花畑にやって来た。麻薬栽培に加担させられそうになり、ファルザード様に助けられたあの日から、一カ月が経っていた。

あれからファルザード様とは、ミリアのお付き合いで花を売り歩いている時に出くわしたり、日によっては孤児院に差し入れを持ってきてくれたりと、なんだかんだで二、三日おきに顔を合わせるようになっていた。

そうすると不思議なもので、いつの間にか彼と会える日を心待ちにするようになっている。それに気づいたのは彼と顔を合わせるようになって二週間ほどが経った頃のこと。

彼の来訪が珍しく四日空いた日の夜、私は寝台に入ってからも「彼はどうしているだろうか」とそんなことばかり考えて寝つくことができず、寝不足のまま朝を迎えた。

そしていつも通りミリアと花を売りに出た街で五日ぶりに彼の顔を見たら、ひと晩もんもんとしていた心が一気に晴れていくのを感じた。

ホッとして力が抜け、つい石畳につまずいてしまった私を、彼が咄嗟に手を取って支えてくれた。筋の浮く逞しい大きな手。私をたやすく支えてしまえるガッシリとした腕。私を心配そうに見下ろす神秘的な紫色の瞳も、彼のすべてにドキドキして、胸がキュッと苦しくなった。

それ以降、気づけば勝手に視線が彼を追うようになっていた。子供の相手をする彼につい見とれてしまってハッとすることも多い。そして、彼に会えなかった日の夜は、決まって物足りなさを覚えるのだ。

自分自身の感情に、私は首を傾げていた。

……私、どうしちゃったのかしら。いくら危ないところを助けてもらったとはいえ、これでは依存しすぎだわ。

でも、彼に会いたい、顔を見たい、そう思う心は止められない。

そんなことを考えながら花の手入れをしていたら、彼が花畑に現れた。

「やぁ、ティーナ。精が出るな」

まぁ！　彼のことを考えていたら本当に会えちゃうなんて、今日はいい日だわ！

自然と顔が綻んだ。

「ファルザード様、こんにちは」

彼はシャツとトラウザーズ、革の長靴という軽装で、手にはずっしりと重そうな麻袋を持っていた。

シンプルな装いだからこそ、長い脚や厚みのある肩といった体格のよさが際立つ。澄み渡る空の下、艶やかな黒髪に陽光をキラリと受けながら颯爽と立つその姿に、意図せず胸がトクンと跳ねる。

「今日は発酵済み油かすを持ってきたんだ。よかったら使ってくれ」

どうやら、大きな麻袋の中身は差し入れの肥料だったらしい。

「まぁ、いいんですか？」

ラーラを入れたバスケットを置いていた木陰にチラリと目線を向けると、ラーラはすでにバスケットを飛び出して、その近くでザイオンと並んで楽しそうにしていた。

……ふふっ、すっかり仲良しさんね。

「ああ。造園業を営む知人が、王都で請け負った現場で使った残りなんだ。このまま残しておいても捨てるだけだというから、遠慮せずここで使ってくれ」

「そういうことでしたら、喜んでちょうだいします。ありがとうございます、とても助かります」

作業の手を止めて肥料を受け取ろうと両手を伸ばしたが、彼はそれを緩く首を振って制す。

「ひとまずあちらの園芸小屋に入れておけばいいか？」

「はい。すみません」

彼は重そうな麻袋を軽々と小屋に運び入れて戻ってくると、ふと気づいた様子で口にした。

「ところで、ミリアはどうした？　ひとりとは珍しいな」

このくらいの時間、いつも私と花畑にいるミリアの姿が見えないことに、ファルザード様は首を捻った。

ちなみに、普段から花畑にミリア以外の子供たちはあまり顔を見せない。幼少の子らは日中の時間、職員さんが一室に集めて保育しているし、もう少し大きな子供たちは割り当てられた当番をこなすほか、各自の手仕事に忙しいからだ。

ただし、院内での手仕事はけっして押しつけられてのものではない。院長は子供たちに過剰な労働を押しつけたりしないが、孤児院の懐事情をよく知るここの子供たちは、女の子だと繕い物を請け負ったり、男の子だと近隣の手伝いに出たりと自主的に動いていた。

そんな中で、ミリアは年長の女の子らに交じっての針仕事ではなく、収入獲得の手段に花売りを思いつき、ひとり動きだしたというわけだ。

……改めて考えてみると、十一歳にしてすごい行動力よね。

もっとも、萎れかけた花が実際に現金化できたかといえば、それはまた別の話ではあるけれど。

「ミリアは今日は朝から孤児院を空けているそうです。なんでも、院長の外回りに同行したとか」

「ほう。では、この後の花売りは？」

「今日の花売りはお休みです。毎日摘み取っては花にも負担ですし。数日にいっぺんくらい花を休ませてあげた方がいいかもしれないと、ちょうどミリアとも話していたところなので」

「そうか」

ファルザード様は私の答えにフッと表情を綻ばせた。

そうして私が花がらを摘み始めるのを見て、腕まくりしながら隣の株に向かう。

「色の悪いものを取ればいいのか？　どれ、手伝おう」

「あ、待ってください」

私は慌てて手のひらに掴んでいた花がらを足もとの塵入れに落とすと、彼の腕を引く。

掴んだのは手首の近くだったのだけど、筋肉質な腕はゴツゴツして太く、到底指が回りきらない。咄嗟に掴んでしまった彼の腕の逞しさに一瞬ドキリとした。

「うん？」

次の花を綺麗に咲かせるためにも、褐変した花を摘む作業は欠かせない。この品種だと花がらは付け根から簡単にもぎ取れるけれど、株の中に手を入れる時に刺で刺してしまわないよう十分に注意する必要があるのだ。

積極的なミリアは私の見よう見真似でなんでも手伝いをし始めようとするから、彼女の身に危険が及ばないよう、動向に目を光らせる癖がついていた。なので、今もすぐに気づくことができた。

「刺で肌を傷つけないように、むしろ袖は下ろしておいた方がいいです」

私は足を止めて振り向いたファルザード様の腕をそのまま自分の方に引き寄せると、二の腕までまくり上げられたシャツの袖を手早く下ろしていく。

最後に袖口のボタンを留めつけてから、彼の腕を解放した。

「はい。もう大丈夫です」

これでひと安心だとホッとして顔を上げたら、私を注視するアメジストの瞳とぶつかった。無作法な自分の行動に気づいてハッとするのと同時に、その瞳に引きつけられて胸が高鳴る。

「す、すみません！　つい、いつもミリアたちを相手にしているのと同じ感覚で動いてしまって。不躾で、ごめんなさい」

相手はミリアではなく大人の男性なのだ。断りもなく衣服に触れたりボタンを留めたりするなど普通にあり得ないし、貴族社会で考えれば論外だ。

手を出す前に、ひと言伝えればそれでよかったのに……！

「なに、謝ることなどない。こんなふうに世話を焼いてもらうなど、ずいぶんと久しぶりだ。これはむしろ、役得だな。ありがとう、ティーナ」

「……ファルザード様」

白い歯をこぼし、朗らかに笑う彼の姿が目にまぶしい。知らず鼓動がトクンと高鳴った。

本当は誰よりも身分ある人なのに、なんて気さくで飾らない人なんだろう。それに、相手への気遣いができる優しい人だ。

気を取り直した様子で再び薔薇の株に向き合うファルザード様の後ろ姿を眺めながら、心臓は普段よりも速足のままもうしばらく落ち着いてくれそうになかった。

「なるほど。たしかに込み入った株の中の花がらを取るのに、素肌だと危なそうだ。君は俺の腕を引っかき傷から守ってくれた救世主だな」

「ふふふっ。オーバーですよ」

私たちは軽口で笑い合いながら、花がら摘みを続けた。粗方の作業が終わったところで、ふとファルザード様が今日はいつもより長く滞在していることに気づく。

「そういえば、今日はゆっくりなんですね」

彼がこれまで孤児院を尋ねてきた時は、私とミリアが花を売りに行くタイミングで一緒に孤児院を出ることが多かった。

「あ、ああ。たまたまこの後の時間が空いていてな」

なぜかファルザード様は少し早口で答えた。

「そうでしたか」

「今日はほかに作業をするのか？」

「いえ。これでおしまいにします。実は、家族から最近屋敷を長く空けていることに言及されてしまって。なので今日は少し早めに帰って、午後のお茶の時間を家族と過ごそうかと」

わりと早い時期に、家族には孤児院に足を運んでいることを伝えていた。最初は好意的に受け止めてくれていた両親だったが、私が毎日のように通いつめているうちに段々渋い顔をするようになった。

やはりお父様は、東地区とその周辺の治安を心配しているようだ。私は安全な場所にしか行っていないこと、麻薬密売の元締めが捕まり麻薬蔓延が収束に向かっていること、それに伴って東地区の治安が劇的に改善していることも説明したのだが、それでもお父様は不安げだ。

それを見るに、もしかするとお父様は治安以外にも危惧しているのかもしれない。たとえば、この外出が知れ渡って私の将来の結婚に差し障る事態などを。

ただ、私としては連日の孤児院訪問が私の評価を下げたところで今さらだと思っている。そもそも社交ひとつ満足にこなせない私が貴族青年と結婚し、家を切り盛りするなどできようはずがないのだ。

けれど、お姉様に『可愛い妹が毎回ティータイムの時間にいなくって寂しい』と言われてしまうと弱かった。

この時間に帰れば、久しぶりにお姉様や両親とティータイムが過ごせる。楽しいはずの時間を前に、少し気鬱に感じてしまうのはなぜなのか。よく、分からなかった。

「そうか。だったら、どうせ方向は同じなんだ。よかったら一緒に帰らないか？」

「はい、ぜひ」

誘いを断る理由はなにもない。すぐに頷いて後片付けを済ませると、私は初めてファルザード様と並び立って孤児院を後にした。

中央地区と東地区の行き来には乗合馬車を使っている。ファルザード様と馬車駅までの街路を歩いていると。

「あれは、お姉様だわ」

商店の店先にかけられた数枚の姿絵、その中の一枚にハッとして思わず足を止めた。

ラーラが私の声に反応し、腕にかけたバスケットの中からぴょこんと身を乗り出した。ラーラはバスケットの縁に前足を置き、伸び上がって私の視線の先を追っていた。

その姿に、私は内心で小さく首を捻った。

不思議ね、明らかに私の言葉が分かっているみたいな行動だわ。

「ほう。これは、先だって開催された隣国シリジャナとの国交樹立十周年記念式典の一幕か」

大判の紙には、ピアノの前に優美な微笑みを浮かべて座るお姉様の姿が描かれている。そのすぐ隣にはもうひとり、褐色の手に両国の国花を束ねたブーケを握って立つ、シリジャナの皇太子キファーフ殿下の姿があった。

心なしか殿下がお姉様に向ける眼差し（まなざし）は甘い。

「そうか。演者に推されたのは君の姉君だったか」

絵姿を見上げて頷くファルザード様の表情が、なぜか少し厳しく感じる。その言い回しにも、若干の含みがあった。

どうしたのかしら？

いずれにせよ、お姉様は両国国歌の演奏という大役を立派に果たし、式典は大成功のうちに幕を閉じたという。

屋敷の居間には、その日の晩に国王夫妻から届いた連名の感謝品が飾られている。両親はシェルフォード侯爵家の誉れだと喜び勇み、使用人らにも祝儀を配った。屋敷全体の浮き立った空気は、式典から三日が経った今も収まっていない。

きっとこの後のお茶の時間も、式典でお姉様がいかに素晴らしかったかが話題の中心になるだろう。

「はい。式典の一週間ほど前に王妃様のサロンに招かれたお姉様がたまたまピアノの演奏を披露したそうで。それを聴いた王妃様がいたく気に入って、式典の演者にお姉様を強く推薦してくださったとか。それで陛下からも指名をいただいて、急でしたが演奏することになったと聞いています」

『ニャー』

「ザイオン。口が悪いぞ」

足もとでザイオンが低く鳴き、ファルザード様がそれをたしなめるような言葉をかける。

鳴き声にも、口がいいや悪いなんてあるのかしら？

ファルザード様の言動を不思議に思って見上げていると、気づいた彼が苦笑いで口にした。

「おっと、すまん。こいつが悪態をついたように感じてな。きっと、足もとになにか気に食わん物でも落ちていたんだろう」

「まぁ、そうでしたか」

長く飼っていると、鳴き声ひとつでそこまで通じ合うようになるのね。そう考えれば、ラーラが私の言葉や思いを汲んで動いているように見えるのも、まったくの見当違いでもないのかもしれない。

納得した私は、さらに言葉を続ける。

「身内に対してこんなふうに言うのはどうかとも思うのですが、式典の場でもお姉様は、それはそれは見事な演奏を披露したそうです。妹の私まで誇らしい気持ちがします」

「……代わりに女流ヴァイオリニストのレミール・ルスランは涙をのんだだろうがな」

ぽつりとこぼされた台詞はくぐもって聞き取りにくく、首を傾げる。

「え?」

「いや、なんでもない。これはきちんと陛下を御しきれなかった俺の責任でもある。時にティーナ――」

ファルザード様の言葉はよく分からなかった。ただ、彼はこの件をこれ以上語る気はないようだった。話題が次に移ったことで、この時覚えた小さな違和感もやがて忘れてしまった。

その後も、ファルザード様とはいろんな話をした。孤児院でのこと、家族のことやラーラのこと。中でも、彼はお姉様のことを特に熱心に聞きたがった。

私は聞かれるがまま、いかにお姉様が優れた素晴らしい女性であるかを語る。

そうして私がひとしきり話し終えたところで、ファルザード様が少し難しい顔で切り出した。

「すまないが、今度姉君の使っている手巾かなにかを融通してもらえないか」

「え？　お姉様の？」

訝しむ私に、彼は王国騎士が誓いを立てる時にそうするように左手を胸に当てた。

「誓っておかしな使い方はしない」

「そんな！　私相手にそこまでしていただかなくて大丈夫です。分かりました、今度お持ちしますから」

慌てて答えると、彼は神妙に頷いた。

「ああ、頼む」

……その人の持ち物を欲しいと望む。やはり、彼も社交界の華と謳われるお姉様に心惹かれるひとりなのだろうか。

彼の積極的な態度から想像したら、胸にツキリと痛みが走った。

おかしいわね。

淑女の鑑のようなお姉様と、表舞台から距離を置いているとはいえ、完璧な貴公子のファルザード様。ふたりは文句のつけどころのない、お似合いのカップリングだ。

その彼がお姉様の心を得んと望むなら、諸手を挙げて応援したらいい。それなのに、胸の奥深いところが妙にざわざわして落ち着かないのはなぜなのか。

「……なぁ、ティーナ。俺がこんなことを言うと不可解に思うかもしれないが、君は少し姉君と距離を置いてみてもいいのかもしれん」

ひとしきりお姉様のことを話した後で、ファルザード様に告げられた唐突な言葉に目をしばたたく。

「え？」

「いや、出張ったことを言っている自覚はあるんだ。ただ、俺の目から見ると、君は姉君に対する密着度が強いように思ってな。君がいかに姉君を慕っているのかは分かるのだが、いきすぎれば双方にとって益にならない」

不意打ちのようにもたらされたファルザード様の言葉。その真意がどこにあるのか測りかねた。

……これはもしかすると、私という出来損ないの妹がお姉様べったりでいては、お姉様の世間的な評価に差し障ると、そんな忠告なのだろうか。

ところが、続くファルザード様の言葉がそうではないのだと、沈みかけた私の心に訴える。

「君は姉君の在り方を完璧なものと捉え、その姿を理想像と考えているようだが俺はそうは思わない。もちろん君が姉君を自慢に思うのは自由だ。だが、それとは別に君自身もっと自分に自信を持っていい。平らかな心で誰にでも分け隔てなく接し、柔軟な思考で行動できる。そんな君もまた、間違いなく立派な淑女のひとりだ」

「っ、私が淑女ですか？」

喜びよりも戸惑いが先に立つ。だって彼には、私が社交のいっさいを放棄していることも、そのわけもすでに伝えている。そんな私を淑女と評するのは、やはり無理があるのでは……。

「ああ、俺はそう思っているぞ。もちろん君の事情も知った上でだ。君はよく、姉君がいかに優れた淑女であるか口にするな？　だが、そもそも人の格というのは見目や所作の美しさ、はたまた貴族社会の作法やルールにいかにうまく適合しているかだけが判断基準ではないはずだ。君は人として一番大事なものをちゃんと知る、素晴らしい女性だ。だから、そのままの自分を誇ったらいい」

彼の手がポンッと私の頭にのり、胸がドキリと跳ねる。彼は優しい眼差しで私を見下ろし、励ますようにポフポフと撫でた。

彼の触れている部分がまるで熱を持ったみたい。苦しいくらいにドキドキして、彼から目線が離せない。

同時に、彼のくれた言葉がじんわりと心に染みる。心の空白が温かなもので満たされていくような、そんな心地。

……また、だ。ファルザード様は、以前も『自然体の君で』と声をかけてくれた。あの時も、今も。彼はありのままの私を認めようとしてくれる。私が本当にそう評されるにふさわしいかは分からない。けれど、彼の言葉は確実にカラカラに渇いた私の心を潤わす。

その後、馬車駅からふたりで馬車に乗ってからも、心と体がふわふわして、私はどこか上の空だった。

「では、ティーナ。俺はここで失礼するよ」

ファルザード様の声でハッとして顔を上げれば、半歩先を歩いていた彼が屋敷の正門まで数メートルというところで足を止めていた。

車内でどんな会話をし、いつ馬車を降りたのか。どこか記憶は曖昧だ。それくらい、ファルザード様の言葉が私に与えた衝撃は大きかった。

「遠回りになるのに屋敷まで送っていただいてしまって、なんだかすみませんでした」

ファルザード様のお屋敷は中央地区の中でも南寄りのエリアだと聞いていた。本当なら別の路線の馬車に乗った方が屋敷に近かったろうに、彼は私と同じ馬車に乗ると言って譲らなかった。

「なに、同じ地区内だ。そう遠くもない。それに俺が、君ともう少し話していたかったんだ」

「ふふっ、ありがとうございます。私も今日はファルザード様とたくさんお話しできて楽しかったです」

ラーラとザイオンも別れを惜しんでいるのか、交互に鳴き合っている。

「それでは、また」

「ああ、またな」

二匹の声がやんだタイミングでファルザード様に会釈して、門扉をくぐった。

このまま別れてしまうのを名残惜しく感じ、玄関の前まで来たところで振り返ったら、ファルザード様がパターン装飾された格子塀の隙間から屋敷の一角をジッと見上げていた。

……なにを見ているのかしら？

なんの気なく彼の視線の先を追うと、彼がお姉様の部屋のあたりを眺めているのに気づく。

私とお姉様の部屋は隣合っていて、どちらの部屋からも正門とその周囲が見下ろせる。逆を言えば、窓前に立っている人物を通りから見上げることもできるわけで。

午後のお茶の前のこのくらいの時間、お姉様は大抵自室か居間のどちらかにいる。私の位置からは見えないが、もしかするとお姉様が自室の窓の前にいるのかもしれない。

……さっきの手巾の件もある。やはり、彼はお姉様に好意を寄せているのだろうか。

熱心な視線を送るファルザード様の姿を見て居たたまれなくなり、逃げるように玄関に滑り込む。彼に肯定されてあんなにふわふわと浮き立っていた心が、再び萎れてゆく気がした。

どうしたの？　この感情はなに？

気持ちが上がったり下がったり、自分の心なのにまるでコントロールが利かない。

こんなのは初めてのことで戸惑ってしまう。

ファルザード様の言動ひとつでこんなにも一喜一憂してしまうのはどうしてなのか。

……もしかして、私は彼のことが好きなのかしら？

ひと呼吸おいて浮かんだひとつの答えは、不思議なくらいストンと胸に嵌まった。

あぁ、そうだったのか。

私は彼が好きだから、彼の心がお姉様に向いているかもしれないと想像しただけで、こんなに落ち込んでしまう。

ファルザード様は私のことを淑女だと言ってくれたけれど、恋の相手となれば話は別だ。お姉様のことを抜きにしても、私では彼に釣り合わない。

そもそも、貴族青年との結婚が難しい事情を抱えている私に、公爵であり先代王の直系子息でもあるファルザード様のお相手など務まるわけがないのだ。

彼への恋心を自覚するのと同時に決まった失恋に、心が狂おしく軋みをあげた。

その時、腕に下げたバスケットからラーラの声が聞こえてくる。

『みゅー』

不思議と『元気出して』と、そう言っているように感じた。

「励ましてくれているの？　ありがとうね、ラーラ」

そっと頭を撫でたら、ラーラはスリスリと私の手に顔をすり寄せた。温かくやわらかな感触に、ちょっぴり心が慰められた。

【第四章】垂れ込める暗雲

三日後。私は珍しく花畑に大挙して押し寄せた子供たちに手を引かれ、孤児院の建家へと向かっていた。

「ほーら。ティーナもこっちに来て！」

ラーラも突然の状況に首を右に左に傾げつつ、私の後をついてくる。

「でも、私は……」

「いいからいいから！」

なんと、これから王太子ジェニス殿下が慰問にやって来るのだという。孤児院のスケジュールでは事前に組まれていた予定らしいが、私がこれを知らされたのは無情にも慰問当日の今日だ。

驚きに声をなくす私に、ミリアは『あれ？　言ってなかったっけ』とあっけらかんとしたもので、さらに『孤児院にいる全員が玄関前に並んで出迎える』のだと告げた。

これを聞かされて、私は青くなった。

ただし慰問自体形式的なもので、訪問は極短時間だそう。ならば、なんとか花畑でやり過ごせないかと逃げ隠れていたのだが、子供たちはそれを許してくれそうにない。そうこうしているうちに、玄関先にほかの子供たちや職員さんたちも集まってきてしまう。

「さぁさぁ、みんな。そろそろ殿下の馬車が着きますから、並んでちょうだい」

院長の声を受け、私は仕方なく職員たちが並ぶ一角の一番後ろに立った。

殿下の到着を待ちながら、ふと思い出すのはこの数日のこと。私は三日前にファルザード様から言われた『姉君と距離を置いてみてもいいのかも』というアドバイスを実践していた。

もちろん、お姉様を避けるような極端な行動はしていない。そもそも、彼が言っているのは実際の行動ではなく、精神的な依存度についてなのだ。

私はこれまでのように、お姉様の言葉をそのまま一から十まで受け入れるのをやめた。私自身がどう考え、どうしたいのかを優先して動く、意識するのはこの一点だけだ。

言葉にするととても簡単そうなのに、私にはこれが存外難しい。だけど、さっそくひとつ自信につながる出来事があった。

昨日、私が孤児院から帰宅したら、屋敷を訪れていたお父様の議員仲間がまさにこれから帰ろうとしているところだったらしく、玄関を開けるとお姉様が慌てて顔を出し『これからお客様が帰られるところだから、裏庭の方に回って待っていなさい』と耳打ちで教えてくれた。

　これまでの私だったらお姉様の言葉をありがたく受け入れて裏庭に向かっていたけれど、昨日の私はそれをしなかった。私の心が、逃げたくないと訴えていた。そう思わせたのは『そのままの自分を誇ったらいい』という彼の言葉だ。

　玄関にとどまろうとする私に、お姉様は『あなた自身も恥ずかしい思いをするし、シェルフォード侯爵家の不名誉と取られてしまったらどうするのか』と珍しく声を尖(とが)らせていた。だが、じきに玄関にお父様に伴われたお客様がやって来て口をつぐんだ。

　私はバクバクと激しくなる鼓動を抑え、震える足で実に十二、三年ぶりとなるカーテシーを披露した。

　お父様が驚きつつ、すかさず『うちの次女のティーナです。マリエンヌとは異なり引っ込み思案な性格でして。無作法をご容赦ください』と先手を打って伝えてくれた。お客様は笑顔で頷き、お父様相手に『それはまた、奥ゆかしいお嬢様ですな。いやいや、タイプの異なる美しいお嬢様ふたりに囲まれて、うらやましい限りですよ』と軽い調子で話しながら帰っていった。

結局、私はお客様に挨拶の言葉をかけることも、その顔を直視することもできなかったけれど、カーテシーの形を取って見送ることはできた。

玄関の扉が閉まった瞬間、深い安堵とも言えない虚脱感に包まれながら、へなへなとその場に座り込んだ。

お父様のおかげもあって、お客様があえて私に話題を振ってくることもなく、同時に私の粗がそれ以上露呈することもなく、実にあっさりと終わった見送り。

へたり込む私の横で、両親は手に手を取って大喜びしていた。お姉様は私に背中を向けていたからその表情は見えなかったけれど、きっと喜んでくれているだろう。

完璧には程遠い。ほんの小さな、第一歩。しかし、確かな自信を得る出来事となった。

……それもこれも、すべてファルザード様の助言のおかげね。ありがとうございます、ファルザード様。

心の中でファルザード様に感謝を囁いた。

――ガタガタ、ガタンッ。

馬車の走行音で、束の間の物思いから意識が今に向く。

見れば、王家の紋章入りの馬車がすぐ近くまでやって来ていた。馬車は舗装されていない敷地内にまで乗り入れてきて、地面にくっきりと轍を残しながら建家の前で止まった。

そうして従者の手で馬車の扉が開かれて降りてきた御年十八歳の王太子ジェニス殿下は、線は少し細いが明るい金髪とグリーンの瞳の美青年だ。華やかな装いも相まって、まさに物語の中の王子様がそのまま現実世界に飛び出してきたかのようだった。

ただし、その態度はお世辞にもいいとはいえず、見るからに気怠そうな雰囲気を醸していた。

ずっと私の足もとでおとなしくしていたラーラは、なぜか殿下が現れた瞬間に、逃げるように建家の陰に駆けていってしまった。

どうしたのかしら？　怪訝に思ったが、列を外れてラーラを追っていくわけにもいかず、やむなくその場に留まった。

「殿下、こちらへ。この者が、ここの院長でございます」

侍従の先導でジェニス殿下が院長の前に立つ。

「変わりなく過ごせているか？」

殿下はさして興味もなさそうな様子で院長を見下ろして、尊大な口ぶりで問いかけた。

「はい、王家より特段の配慮と下賜を賜り、つつがなく過ごせております」

院長が低頭して答えると、殿下は鷹揚に頷く。

「それはなにより。健やかな次代の育成のため、今後も励めよ」

「はい」

殿下はそれきり口を閉ざし、続くやり取りを侍従が引き継ぐ。

「では、院長。ジェニス殿下より此度(こたび)の慰問に伴う下賜品がございますので、運び出しに数名人手を」

嘘でしょう？　まさか殿下は、このまま子供たちに言葉ひとつかけずに帰ってしまう気じゃないわよね？

慰問とは名ばかりの、やっつけ仕事。いくら殿下が望んで組まれた公務でないにしても、これではあんまりだ。

「はい、ありがとうございます。すぐに年長の子らが……マーク！　ライアン！　ブライト！」

院長の名指しを受けた男の子たちが即座に列を外れ、荷運びのため侍従と共に馬車に向かった。

「これ！　馬車の扉は開けんでいい！　ドアハンドルにそなたらの手垢(てあか)がついてしま

う」

「す、すみません」

ドアハンドルに手をかけようとしたところを侍従にピシャリと制されて、ライアンが肩をすくめて頭を下げる。

ひどい。殿下にしても、その侍従にしても、あまりにも横柄だ。

私は彼らの言動に唖然としつつ、固唾(かたず)をのんで状況を見守る。やはり殿下はこれ以上、院長とも子供たちとも関わる気はないようで、やる気なさそうにくるりと踵(きびす)を返そうとして――。

「っ、そなた……！」

ふいに私と殿下の視線がぶつかり、直後に殿下がグリーンの両目を見開いて叫んだ。

な、なに？

殿下は人垣を割り、後列隅に立つ私のもとまでやって来ると、二の腕のあたりをグイッと掴んで引き寄せた。

「きゃっ」

驚きと腕に感じる痛みで、小さな悲鳴が漏れた。

殿下は私の腕を取ったまま、食い入るように見下ろしている。及び腰になりつつ、最低限の礼儀として膝を折る。

昨日の成功体験のおかげか、はたまた、いち職員の延長として並んでいるだけの状況だからか、幸い殿下を前に全身が凍りついてしまう事態にはならなかった。

この状況はまるでわけが分からないが、殿下を前にしても体が動いてくれたことに、内心で胸を撫で下ろしていた。

「そなた、ここの者ではないな？　平民……いや、その所作は貴族か？　どこの家の者だ？　名は⁉」

矢継ぎ早に問われ、慄きつつもなんとか唇を開く。

「シェルフォード侯爵家が次女、ティーナと申します」

家名を告げる瞬間は、苦しいくらい心臓が縮んだ。それでも、掠れがすれにもなんとか声になったことにホッとする。

「シェルフォード侯爵家？　母が気に入って、最近よく側に侍らせているマリエンヌという娘が、シェルフォード侯爵家の者と記憶しているが……」

「マリエンヌは姉でございます」

「ほう。そうか、妹か。シェルフォード侯爵家に娘がふたりいたとは知らなかったが……そうか、侯爵家の」

殿下は私の腕を掴むのと逆の手を顎に当て、何事か思案するように頷いている。その口もとがニヤリと歪に弧を描くのを目にし、ひどく嫌な予感がした。

クリスタルのシャンデリアがきらめく王家の食堂。

粗方食べ終えたタイミングを見計らい、私は対面に座る両親に切り出した。

「父上、母上、お話があります」

「あら、ジェニス。改まってどうしたの？」

母に促され、用意していた台詞を告げる。

「婚姻を考えている令嬢がおります」

「まぁ！」

「ほう。どこの家の令嬢だ」

普段ほとんど口を開かない父が、珍しく興味を引かれた様子で尋ねてきた。

「シェルフォード侯爵家の次女、ティーナ嬢です」

「あら？　シェルフォード侯爵家って、マリエンヌではないの？」

母が首を傾げる。

「はい。私の正妃には、ティーナ嬢以外考えられません」

「まぁまぁ、ずいぶんな入れ込みようね」

「ふむ。シェルフォード侯爵家の令嬢ならばなんの問題もない。むしろ、願ってもない良縁だ」

あきらかにこの婚姻に乗り気な様子の両親を眺めながら、私は内心でほくそ笑む。

……あぁ、やっと私にも運が向いてきた。

昨日、面白くもない公務で慰問に行った孤児院で、私は運命を変える出会いを果たした。

淡い光をまとった女。間違いない、あの女は精霊の加護を受けたいとし子だ――！

ただし件の女は容姿こそ美しいが、おどおどした態度であまり好きなタイプではなかった。しかし、この際私の趣味嗜好は問題ではない。利用価値の十分なあの女を正妃に据え、気に入った女がいればその時は側妃に召し上げたらいいのだ。

ずっと、七歳年上の従弟ファルザードに煮え湯を飲まされてきた。私が三つか四つで物心のつく頃には奴はすでに十歳かそこらで、民との交流や各所の慰問といった公務を積極的にこなしていた。奴の世間的な評価は高く、奴が同じ場にいると話題の中心は必ず奴。普段ちやほやしてくる連中まで、私のことをおまけのように扱った。

幼心に私は奴のことが大嫌いだったが、正当な王位継承者は奴であり、私にはどうすることもできなかった。

だが、私が五歳の時に事態は一変した。事は、好きや嫌いやそんな次元の話ではなかった。

なにせ奴は人ならざる魔物だったのだから。

「私と彼女の婚姻は、必ず我が国に大きな益をもたらします。どうか早急な婚姻承認と、国内外への早期の告示をお願いします」

十三年前のあの日。五歳の私は目の当たりにした惨状に耐えきれず、気を失った。

しかし、ほんの数秒で意識は戻り、それからずっと息を潜めてうかがっていた。

あの日、あの時、目の前で起こった出来事は今も私の心に暗く重く影を落とす。ひとり寝の夜に恐怖に苛まれ、叫びながら跳び起きたことも一度や二度ではなかった。

「だが、そなたはまだ十八と年若い。一生を左右する婚姻を、そうも急ぐ必要はないだろうに」

これだから腑抜けで嫌になる。私に言わせれば、父は生ぬるいのだ。

温情なのか、引け目なのかは分からないが、父は廃太子するだけで今も奴を生かしている。それどころか、水面下でのこととはいえ、政治的な発言まで許しているようだから呆れ果てる。

魔物は人の世に不要。この世にあってはならぬ災いだ。とはいえ、目の当たりにした奴の力は脅威で、これまで歯がゆく思いながらもなす術がなかった。

だが、いとし子を手に入れれば話は別だ。

「若くとも分かります。私が生涯をかけて手に入れたいと望む女性はただひとり」

「……」

迷いなく言いきる私に、父は黙してしまう。母との結婚生活がお世辞にもうまくいっていない父を当てこすりたいわけではないが、私は父とは違うのだ。そもそも、この婚姻で失敗は起こりようがない。あの女――いとし子との婚姻は、私の治世の繁栄を約束するものなのだから。

ちなみに、父の魔力量で女がいとし子と気づけるかどうかは五分五分といったところだろう。私の口からいずれ女がいとし子である事実は明かすつもりだが、それは今ではない。これを知った誰かに、万が一にもいとし子を横取りされてはたまらない。

この事実を告げるのは、婚約にまで漕ぎつけてからだ。

「三たび申し上げます。私はティーナ嬢との早急な婚姻を望みます」

父を見据えて宣言した。

必ずいとし子を手に入れる。そして魔物を葬り去り、私は伝説の君主として後世に名を残すのだ――！

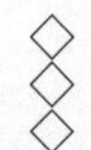

ティーナを初めて自宅屋敷まで送って帰ったあの日から五日目。

「なんだと⁉　それは確かなのか⁉」

俺は屋敷の書斎で、副官のヘサームからもたらされたまさかの報告に驚きの声をあげていた。

「ええ。ジェニス殿下は昨夕、陛下との会食の折に内々にではありますが、シェルフォード侯爵家の次女、ティーナ嬢との婚姻を希望する旨、申し出たようです」

動揺する俺をよそに、ヘサームは右目に装着した銀枠のモノクルの位置を直しながら淡々と返す。

「なぜそんな事態になっている⁉　ふたりにまるで接点が見当たらんぞ」

そもそも、社交界デビューしていないティーナは、貴族社会で満足に認知すらされていない状況だった。当然、ジェニスとも面識はなかったはず。

それがどうして急にジェニスの妃候補などということに……。

「なんでも、ジェニス殿下は先だっての孤児院慰問の際、たまたま院を訪れていたティーナ嬢と会い、大層気に入られたのだとか」

「っ！　ふたりが会ったのか⁉」

これは、まずい事態になったかもしれん。

俺には到底及ばないとはいえ、ジェニスの魔力のレベルは王族の中でもかなり高いのだ。もしかすると、ティーナが精霊のいとし子である可能性に気づいたか⁉

いや、一概にそうとは言いきれない。緘黙の症状があるとはいえ、その場面は限定的だとも聞いているし、なによりティーナはあの美貌だ。

純粋に、ジェニスに見初められただけという可能性も考えられる。むしろ、そうであってほしい。

「そのようですよ。ジェニス殿下はこの婚姻にいたく積極的で、なんでも、彼女と結婚すれば国にとっても大きなプラスだと陛下相手に力説していたのだとか」

なんということだ。

国にとってもプラス……ジェニスは仔細こそ告げなかったようだが、ティーナがいとし子だと気づいたと見てほぼ間違いないだろう。

我が国では、古来よりいとし子を妃として迎えた王は国にいっそうの繁栄をもたらし、伝説の君主として語り継がれると言い伝えられている。実際、救国の聖女と称えられていた時のいとし子を得た王らは、皆、賢王として後世に名を刻んでいる。

ジェニスは今後、なんとしてもティーナを手に入れようとするだろう。

「まずいな」

……ジェニスか。

従弟であり、現王太子のジェニスとは、十三年前の〝あの日〟以来一度も顔を合わせていなかった。当時のジェニスは賊の襲撃のショックで気を失っており、俺の引き起こした惨劇を覚えていない。彼自身も周囲に対し、言葉少なに『分からない。覚えていない』と伝えている。

だから顔を合わせたところでなにがあろうはずもないのだが、なんとなく気が引けていた。そうして叔父から疎まれているのをこれ幸いと交流を絶ち、気づけば十三年が経っていた。

俺は〝あの日〟たまたま共に過ごしていたジェニスを年長者として当然の使命感からかばったが、本音を言えばあまりいい思い出のある相手ではなかった。現王妃で、当時王弟妃だった母親が甘やかし放題だったために、ジェニスは五歳にしてやたらと気位が高く、傍若無人な振る舞いで周囲を困らせてばかりいた。長じて最低限の体裁を保つことは覚えたようだが、その本質は変わっていない。俺が持つ情報筋から聞こえてくる奴の評判も散々なものばかりだった。

「いったいなにがまずいのです?」

「彼女を囲い込むために、これから奴がどんな手段に出てくるか分からんぞ」

今後を憂慮する俺を、ヘサームがジッと見つめていた。その眼差しは俺という人間の観察を楽しんでいるふうでもあり、とても主に仕える従順な部下のそれではない。

無礼と言えばそうなのだが、それを差し引いても優秀な男ゆえ手放すに手放せず、もう十年の付き合いになる。裏路地で偶然目に入った褐色の肌に銀髪という見るからに異国出の特徴を持つ痩せっぽちの少年を哀れに思い、側仕えに取り立てたのはほんの気まぐれだったのだがな。化けたものだ。

なんにせよ、この男の少々礼を欠く言動を、今さらたしなめるまでもない。

「ヘサーム、ジェニスの動向をこれまで以上に注視してくれ。もし、なにか動きがあればすぐに俺に知らせろ」

「それはかまいませんが。……我が主もまた、ティーナ嬢にいたく執心のご様子。王家の男たちを次々籠絡していく件のティーナ嬢には、さて、どんな魅力が詰まっているのでしょうね？」

茶化した口ぶりとは対照的に、その目は至極真剣で、切り込むように鋭い。

「さて、なんのことか分からんな。俺はただ、縁あって出会った初心な令嬢が、素行の悪いジェニスの毒牙にかかるのを見過ごせないだけだ」

これまで腹心のヘサームにすら、俺がいとし子である事実を自身の口から告げたことはない。察しのいい男だから勘づいているかもしれないが、ティーナについてもあえて俺から明かすつもりはなかった。

……だが、ヘサームの言う『執心』というのはどうだろう。

俺が彼女を気にかけているのは事実。しかし、それは俺たちが同じ運命を背負う同志だからだ。そこにあるのは、いとし子として先覚の俺が未熟で危なっかしいティーナとラーラの助けになってやれたらという、ある種の使命感だと自負していたのだが。

もちろん、男として清純で愛らしい彼女に惹かれないわけがない。ただ、酸いも甘いも知る俺の目に彼女はあまりにもまばゆい。その清らを俺の手で汚すことに、どうしたって良識や理性の部分がストッパーをかけるのだ。

「いやはや、我が主が十も若いご令嬢に骨抜きになってしまうとは予想外ではありますが。きっとティーナ嬢にはそれだけの魅力があるのでしょうね。重ね重ね、カルマン捕縛後に彼女と面を通しておけなかったのが悔やまれます」

ヘサームは今も根に持っているようだが、やはりあの時、ティーナを早々に酒場から連れ出したのは正解だった。

「ヘサーム、少し出てくる。すまんが、後を任せた」

この時間なら、ティーナはミリアの花売りに付き添って東地区にいるはずだ。

物言いたげなヘサームの視線を振り切って席を立つ。それを見て、ここまでずっと日当たりのいい出窓の床板に陣取り、俺たちの会話に耳を傾けていたザイオンが、トンッと床に降り立って俺の足もとまでやって来る。

ザイオンの一連の動作を興味深そうに見つめながら、ヘサームが小さくつぶやく。

「ティーナ嬢が飼われているというネコも、あるいは……」

精霊の姿形はネコだとは限らない。ザイオンとラーラはネコに近い姿をとっているが、記録では鳥や犬に似た姿だったこともある。ただし、どんな姿形であれ、精霊は必ずいとし子の傍らにいるのだ。

精霊の形態についての情報となると、王家に残る貴重な資料くらいにしか記されていない内容だ。

しかし、相手はヘサーム。こいつがどこまで情報に精通しているのかは、主である俺にも未知の部分が多かった。そもそもこいつは、尋ねたからと容易に口を割るような男ではない。果たしてこれは、どこまで見通しての発言なのか……。

「ネコ？　彼女のネコがどうかしたのか？」

内心ギクリとしつつ、何食わぬ顔をして問う。

「いえ。仕方ないので任されましょうと、そう申し上げたのですよ」

ヘサームは訳知りにフッと微笑んでこう答え、俺がデスクに残した書類束に手を伸ばす。

……やはり、食えない男だ。

「いってくる」

「ああ、そうでした。そういえば、お借りしていた手巾ですが、一致しましたよ」

「なっ⁉　……やはりそうか！」

なぜ出がけのこのタイミングで切り出してくるのかははなはだ疑問だが、内容が内容なのでそこについては追及せず、ヘサームの続く言葉に耳を傾ける。

「傷心のレミール・ルスランが王都を離れてしまったために、彼女のヴァイオリンを借り受けるのに思いのほか時間がかかってしまいまして。ですが、彼女のヴァイオリンに残る痕跡と手巾の痕跡、間違いなく同一人物のものでした。手巾の人物がヴァイオリンに細工したと見て、まず間違いないでしょう」

対象物に残ったなにかしらの痕跡を魔力で分析し、それに接触した個人を特定するのがヘサームの能力。そのヘサームが言うのなら間違いない。

シリジャナとの国交樹立十周年記念式典の一週間前、王妃のサロンで女流ヴァイオリニストのレミール・ルスランがピアニストと二重奏を披露した。その席で突然レミール・ルスランの弦が切れ、王妃は彼女の管理不行き届きをひどく責めた。あげく「こんな者に大事な式典の演奏を任せたくない」と陛下に直訴、すでに演者に決定していたレミール・ルスランを下ろし、代わりにその時のピアニストを演者に指定した。

そんな経緯だけは耳に挟んでいた。

それが五日前にティーナを屋敷まで送った時、そのピアニストというのが彼女の姉だと初めて知った。

ティーナが得意げに姉のことを語る一方で、俺はどうにも嫌な予感がして、彼女に無理を言ってマリエンヌの手巾を融通してもらったのだ。

そして飛び出したのが、この結果だ……。

俺の勘が当たった格好ではあるが、姉を慕うティーナのことを思えば、まるで嬉しいとは思えなかった。

「……そうだったか。ご苦労だったな」

「いえ、出がけにお伝えするのもどうかとは思ったのですが、先送りにしたところで事実は事実ですし。また、なにかあればご用命ください。では、いってらっしゃいませ」

書斎を出て扉を閉めたところで、自然とため息が漏れた。

《あ奴、なかなか面白い男よの》

足もとでザイオンが、尻尾を揺らしながら愉快そうに口にした。

「たしかに、底の知れない男ではあるな」

《一見では冷静沈着と思われがちだが、あれの本質は荒ぶる獅子だ。覇王の相も持っておる》

「……覇王?」

武力や策略で天下を取る者を指す言葉だ。それが意味するところは、果たして――。

《なに、そなたの敵にはならんさ。獅子もまたネコ科だからな。手をかければ、懐きもする》

ザイオンがカラカラと笑いながら、脳裏をよぎった憂慮を否定する。

俺の心理を的確に察し、先回りで一蹴してしまうあたり、精霊という存在の底知れなさはヘサームの比ではない。

はてさて。俺の周りはどうしてこうも、ひと癖もふた癖もある奴らで固められているのか。ヤレヤレと嘆息しながら、東地区に続く道を急ぐのだった。

ティーナたちの姿は馬車駅にほど近いメーン通りにあった。

以前にミリアが『花を毎日のように買ってくれる得意先だ』と語っていた通り沿いの雑貨店から、ふたりが並んで出てくるところだった。

ティーナたちは、ちょうど向かいの商店の陰にいる俺とザイオンに気づいていないが、その距離は僅か数メートル。すぐに声をかけようとしたが、ふたりのすぐ後ろにもうひとりの人影を認めて思わず口をつぐんだ。

なっ⁉　あれは、ジェニスか……！

明るい金髪、やや細面の顔に緑の目。どこか傲慢さの滲む態度。十三年が経っても、目にした瞬間すぐに奴だと分かった。

なぜ奴がここにいる⁉

状況を探るべく、スッと体を引っ込めて気配を殺した。

「おいティーナ、遠慮なんてしなくていいんだ。さっき君は『この店にあるものは全部可愛い』と言っていたじゃないか」

「遠慮ではなく……。その、可愛いというのは、あくまで店主との会話の中で商品に対して述べた感想で。けっして、欲しいという意図の発言では……。ましてや、店の商品を全部買い上げるだなんて、とんでもないことです」

漏れ聞こえてくる会話から、つぶさに状況が知れる。

ジェニス相手に相当緊張しているのだろう。ティーナは少したどたどしさを残しながら精いっぱい答えていた。

この様子だと、聞き及んでいた緘黙の症状は、だいぶ改善傾向にあるのではないか。まだひと息で言いきるところまではいかないが、だいぶ慣れてきているように感じた。

「……なんだ、つまらん。全部買ったとてほんのはした金。素直に受け取っておけばいいものを」

五歳の時から成長しない傲慢すぎるジェニスの言動に目眩がした。呆れて物も言えんな。

「殿下のお気持ちだけ、ありがたくちょうだいいたしますので。どうかご容赦くださいませ」

貼りつけたような笑みを浮かべ、奴の機嫌を損ねぬよう必死に対応しているティーナが痛ましい。

その時。雑貨店の軒下に設置された立て看板の下に身を隠すように丸まっていたラーラが、俺たちに気づいてトコトコとやって来る。ここ最近のラーラは花売りの際はバスケットに入らずに、自分の足で歩くようになっていた。

ティーナはジェニスへの対応で余裕がなく、向かい側に歩いていくラーラの動きに気づいていないようだった。

《ザイオンにファルしゃま、こんにちは》

《おいチビ助、あれはいったいなんだ？》

《一昨日会った王子しゃまがね、昨日も今日もやって来てティーナにつきまとって離れないの。ティーナ、とっても困ってる。あたちもあの王子しゃま嫌いよ》

ザイオンが問えば、ラーラが肩を落として答えた。

《あの者、ティーナの正体に気づいておるようだが、そなたは？　精霊だと気づかれていないのか？》

《うんっ、今はまだ平気。ただ、いくら認識阻害がかかっているとはいえ、ずっとそばにいたらさすがに怪しまれちゃうと思って、王子しゃまがいる時はいつも隠れて

る》

いとし子のそばにいる精霊の存在。王家にあって、ジェニスがそれを知らないはずがない。ティーナの周囲にそれらしい動物がいないか油断なく探っているはずだ。

《そうか。それがいいだろう》

俺がさらに状況を問おうとした、直後。

「あんた発想がイカレてるぜ」

なんとミリアがこれ見よがしに悪態をつき、それを聞きつけたジェニスが目をつり上げた。

「おい小娘⁉ そなた今、なんと申した⁉」

ジェニスは声を荒らげ、ミリアに食ってかかる。

いかん……！ ジェニスの悪行は俺の耳にも届いていた。奴は城仕えの使用人を『気に入らない』のひと言で幾人も地方の離宮に飛ばしたり、退職に追い込んだりしているという。

今はさすがに直接危害を加えることはしないだろうが、ミリア自身、はたまた彼女の養育責任者である院長に難癖をつけ、後々よからぬ要求を突きつけてくるかもしれない。

《わわ、大変！》

空気の悪さを察したラーラが、慌てて彼女のもとに戻っていく。

「お待ちください、殿下」

俺がとりなそうと踏み出しかけるが、それよりも一瞬早くティーナがジェニスとミリアの間に割って入った。

「今のは年端のいかぬ子供が口にしたほんの戯言で、さして意味もないのです。あなた様がわざわざお気に留めるほどのものではありません。……それにここは、人の目も多くございます」

ティーナの言葉を受け、ジェニスはすばやく周囲に視線を巡らせる。そこで初めて自分たちが往来の人々の目を集めていることに気づいたようで、バツが悪そうに咳払いして一歩後ろに引いた。

「フンッ、もういい！」

ここで周囲の目を引き合いに出すとは、実にうまい手だ。

予想外の機転で対応した彼女を、俺は驚きをもって見つめた。

「寛大なお心に感謝します」

ティーナが胸に手を当てて、しずしずと頭を下げる。ジェニスはグッと唇を噛みしめて、彼女とその背にかばわれたミリアを苛立たしげに見下ろしていた。

「今日は興が削がれた。私はもう帰る」

ジェニスはぶっきらぼうに言い放つ。

「はい。お気をつけて」

耳にして、ティーナは明らかにホッとした様子で答えた。すると、それを見たジェニスがなにを思ったか、突然ティーナの手をグッと掴んで引いた。

「あっ⁉」

ティーナはバランスを崩して前傾するも、足を踏ん張ってなんとか体勢を立て直す。その隙にジェニスはたおやかなティーナの手を己の口もとまで寄せてきて、これ見よがしに指先に口づけた。

っ‼ 目にした瞬間、カッと頭に血が上る。血管が焼ききれそうなほどの激しい怒りと嫌悪感が湧いた。

「あ奴、俺のティーナになにをしてくれる……！」

声を殺して激情をあらわにする俺を、ザイオンが好奇な眼差しで見上げていた。

「また来る」

ジェニスは唇を離すと不遜に言い残し、ずっと掴んでいた彼女の手を解いて、近くに待機していた侍従と共に通りに消えていった。

ティーナが泣きそうな顔で、口づけられた指先を反対の手でキュッと握りしめるのを見て、ギリリと唇を噛みしめる。

はらわたが煮えくり返りそうだった。

《ティーナが泣いちゃうっ》

ラーラがすかさずテテテッとティーナに駆け寄る。

ラーラは後ろ立ちでティーナの脛あたりにパフッと抱きつき、《あんなの園芸中に虫けらに触っちゃったのと同じよ。今度あいつが同じことしたら、あたちのビリビリで退治しちゃうんだから》と必死に彼女を慰める。ミリアもティーナの腰にすがり、感謝と謝罪を伝えている。

実際問題、ラーラの光の精魔力の攻撃をジェニスに食らわせるのはマズいので、後で言って聞かせようと心に留め置く。

「ラーラ、ありがとう。私は大丈夫よ。昨今ではあまり見ない古い風習の挨拶だったものだから、ちょっと驚いてしまって。過剰反応しちゃって恥ずかしいわね」

ラーラはそんなことないとでも言いたげに、彼女の脛にすりすりしていた。

素直に感情を表せるというのはいいものだな。俺もティーナに対して同じようにできたなら……いや、同じといっても、けっしてラーラのように彼女の足に頬ずりしたいという意味ではない。そう、けっして。

「それからミリア、あなたに咎がなくって安心したわ。でも、『口は災いの元』という言葉もあるくらいよ。特に今回は権力ある相手で、とても危なかった。今後は少し、気をつけましょう」

「うんっ、うんっ！　あたしほんとに馬鹿だ、ファルザード様にだって言われてたのに。次からは絶対に気をつけるよ！」

「でも、ありがとうね。ミリアが私のために怒ってくれたことが、本音では嬉しいの」

「っ、ティーナ……！」

キュッと抱き合うふたりと一匹を眺めながら、一歩出遅れた俺はその場に立ち尽くしたまま安堵や焦燥、いろいろな感情の入り交じった吐息をホゥッとついた。

《俺のティーナ、な》

足もとのザイオンが俺を見上げ、含みのある言い方をする。俺が先ほどこぼした台詞を、しっかり聞き留めていたらしい。

しかし、ザイオンに言われるまでもなく、もう言い訳はできない。あの瞬間、咄嗟に浮かんだ感情こそが、紛れもない俺の本心なのだ。

ジェニスの素行うんぬんはすべて建前。いとし子の先覚者としての使命感や責任感というのも核心を外している。俺の本音は至極単純で、ティーナをほかの男に渡したくない。

……そう。俺は彼女に惹かれている。ひとりの女性として、彼女を愛おしく思っているのだ。

「おや。そのお花、ずいぶんと綺麗に咲いているね」

初老の婦人がティーナたちの横を通りざま、ミリアが片手に抱えた花に目を留めて声をかけた。

「あ、いらっしゃい！」

ミリアはティーナからパッと離れると、見事な変わり身で愛想よく花をズイッと前に掲げて見せ始める。

「へぇ。どれも瑞々しいし、色も鮮やかだねぇ。どれ、赤とピンク、それから紫のをもらおうか」

「まいどあり！」

ティーナも来客をきっかけにすっかり気を取り直した様子で、代金のやり取りをするミリアの姿を優しげに見つめていた。

その客が立ち去ったタイミングで、ラーラがティーナの足をポフポフしながら訴える。

『みゅー《ティーナ、ザイオンとファルしゃまがあっちにいるよ》』

ラーラの鳴き声に、ティーナが小首を傾げながら周囲に視線を巡らせ——。

「なぁに、ラーラ？ ……まぁ！ ファルザード様」

俺たちに気づいたティーナは一瞬目を瞠り、次いでふわりと微笑んだ。

その笑みを目にした瞬間、胸に湧き上がるえも言われぬ愛おしさに、ストンと腑に落ちるものがあった。

あぁ、そうか。これは、俺にとって初めての感情なのだ。

目と目が合えば心がときめき、微笑まれれば俺の顔にも自然と笑みがこぼれる。彼女に憂いがあるのなら取り除き、害成す存在が迫るなら全力で排除して守りたい。そして彼女の一番近い場所に俺がいることを許してほしい。

いつの間にか俺の心の真ん中には彼女がいる。二十五年生きてきた中で、こんなにも自分の心に誰かを住まわせたことはない。なにより俺自身が、これを喜びと捉えていた。

……きっと、人はこれを恋と呼ぶのだろうな。遅すぎる初恋の自覚に苦笑しつつ、なんとも言えないこそばゆい思いと、それを上回る精神の充足を感じていた。

「あー、ファルザード様じゃん！　聞いてくれよ、さっきまで嫌な奴がいてさ。胸くそ悪いったらないよ」

俺がティーナに声をかけるよりも先に、ミリアがズイッと身を乗り出してくる。

「こーら、ミリアったら。何事もなく済んだんだし、それはもうよしとしましょう。それよりファルザード様、先日いただいた肥料が追肥にとても向いていたようで。これまでいろんな肥料を見てきましたが、あんなに早く効果が出たのは初めてです」

ティーナは苦笑して、声高に罵(ののし)りを口にするミリアをたしなめ、俺に別の話題を振ってきた。

てっきりジェニスのことで真っ先に相談を持ちかけられるとばかり思っていた俺は、少し拍子抜けする。同時に、もしかすると俺は彼女にとって頼るに足らない存在なのだろうかと、そんな悲観的な感情もよぎる。

「やぁ、ティーナ。ミリア。それが追肥をしたという花かな？　たしかに艶がいいな」

複雑な内心をひた隠し、ティーナの話に乗っかった。

「そうなんです。本当にありがとうございました」

「知人のところで余剰が出たら、また持ってこよう」

「まぁ、助かります。先方のご迷惑にならないならぜひ」

「心得ている」

その後は、積極的に道行く人々に声をかけながら残る花を売るミリアの後ろを歩きながら、ティーナと天候や園芸など当たり障りのない話をした。やはり、ティーナの口からジェニスの話題は出てこなかった。

「まいど！」

最後の一輪が売れたようで、ミリアの元気な声が響く。これまでティーナたちと街で会った時は、いつも花の完売が別れの合図になっていた。

代金を受け取った後、客との会話で盛り上がっているミリアを横目に、俺は体の向きを変えてティーナと向かい合う。

「ファルザード様？」

ティーナが小首を傾げて俺を見上げる。

「ティーナ」

俺はそっとティーナの手を取ると、もう片方の手を重ねて包み込み、その反応をうかがう。

「え？　どうかしましたか？」

ティーナは淡い笑みを浮かべたまま、不思議そうにしている。嫌がる素振りはまるでなく、俺と重なったままの手もそのまま引き抜こうとはしなかった。

彼女の反応に勇気づけられ、軽く指先を握り込む。ほっそりとした手は俺が強く掴めば壊してしまいそうな気がして、慌てて力を緩めた。

けれど、せっかく取った彼女の手を完全に離してしまうのは惜しまれて、おっかなびっくりで掠めるようなタッチで包み直した。

「ふふっ、ちょっとくすぐったいです」

肩を竦め、クスクスと声を漏らす彼女の可憐な姿に、ギュッと心臓が締めつけられる。

独占欲と圧倒的な愛おしさに突き動かされ、スッとその手を持ち上げて指先に極軽く唇を寄せる。触れたのは一瞬。軽く、ほんの些細な接触。

「消毒だ」

俺が小さく漏らした言葉は、いっぱいいっぱいの様子の彼女の耳には入っていないようだった。

一拍を置いてやっと状況を自覚したのか、ティーナの頬が熟れた林檎のようにポッと色づく。俺が取ったままの手と反対の手を口もとに当てて、パチパチと目をしばたたく姿は苦しいくらいに可愛いらしく、彼女への思慕があふれた。

ジェニスの時とは百八十度も違う反応は、俺の胸を喜びと優越で満たす。同時に、あまりに純情な彼女の反応はこそばゆくもあり、俺の頬もつられるように熱を持つ。

フッと宙を仰ぎ、こもった熱を逃がすようにひと息ついた。

そうして視線を再び彼女に戻すと、その目を見つめて口を開いた。

「ティーナ、覚えておいてくれ。俺は君の力になりたい」

「私の、力？」

「ああ。これから先、君がもしなにかに困った時は、俺のことを思い出してくれ。必ず助けになる」

ティーナはきょとんとした顔をしていたが、俺の真剣な眼差しになにか察した様子で首を縦に振った。

「ティーナ、ファルザード様ー！　なにしてんの？　花も売れたし帰るぞー！」

客との会話を終えたらしいミリアに声をかけられて、ティーナがビクンと体を揺らす。

手のひらで包んだままの細い指が、クイッと引かれる感覚がして、ずっと握っていた手をほどく。やわらかな感触と温もりが遠ざかっていくのが残念でならなかった。

「い、今行くわ！」

ティーナが上ずった声で返事をし、ミリアの方へと踏み出す。

「ティーナ、俺のさっきの言葉を忘れないで」

すかさず囁くと、彼女が足を止めて俺を振り返る。その唇が薄く開く。

「実を言うと、さっき少し困った状況があって。でも、以前あなたにもらった『そのままの自分を誇ったらいい』という言葉に勇気をもらって乗りきれました。今の言葉も、覚えておきます」

彼女は恥ずかしそうに少し早口でそう言って、すぐにミリアのもとに行ってしまう。

俺もふたりを孤児院まで送るべく、彼女の背中に続く。

その後は、ふたりを孤児院まで送ってからザイオンと帰路に就いた。

孤児院を出てしばらく通りを進んだところで、ザイオンが物言いたげに俺を見上げる。

「なんだその目は？」

《いや。そなた、存外嫉妬深い男であったのだな》

ザイオンが意外そうに告げた。

「うるさいぞ」

ザイオンの茶々を一蹴し、ティーナを思い浮かべる。

あの時、彼女が俺に向けた瞳には、明らかに熱がこもっていたように感じる。

ジェニスのことや、彼女の姉のこと、気がかりは多い。しかし、今ばかりはそれらを忘れ、浮き立つ思いで往来を闊歩した。

【第五章】予期せぬ結婚話

俺の周囲の状況が一変したのは翌週のことだった。

我が国の一大貿易港であるブルマンに帰港した商船員が不調を訴えたのが最初の報告。そこからブルマン港の近郊のみならず、王国中でこれと同じ症状の病が同時多発的に発生したのだ。当然、その対策が急務となり、俺は一気に多忙を極めた。

珍しいことに、これまでであれば真っ先に叔父の方から使者を介して俺に情報収集と調査、対策の指針までを求めてくるところ、今回は音沙汰がなかった。もちろん叔父の要求いかんにかかわらず、俺は感染拡大の報告を受けると同時に独自の調査を進めていたが。

そんな慌ただしい状況の合間を縫ってやっとティーナに会いに行けたのは、前回街で会ってから七日目のこと。

ティーナの姿は、今日も花畑にあった。

「やぁ、ティーナ。精が出るな」

「ファルザード様！」

しゃがみ込んで弱い茎の切り戻し作業を行っていたティーナは、俺を見るやパッと立ち上がり、満面の笑みを浮かべて駆け寄ってくる。

彼女の笑顔は、ここの花畑に咲くどんな花より、俺の目に鮮やかだ。

「あれ、ファルザード様！　久しぶりだね！」

奥で園芸用の土を作っていたミリアも俺に気づいて作業を止め、手を振ってくる。

俺も手を振り返して応える。

「やぁミリア」

ザイオンとラーラは、並んで畑の端へと場所を移っていた。

その時、孤児院の建家の方からバタバタと足音が聞こえてきて、三人揃って振り返った。

「おーい、ミリア！　院長先生がお前のこと呼んでるぞ！」

「えー？　なんだろ、今行くよ」

花畑に顔を出したのは、ライアンだった。最近よくミリアと一緒にいるところを見るようになった、懐っこい印象の少年だ。

「あれ、ファルザード様。来てたんだね、こんにちは。なぁティーナ、悪いけどミリア連れてくな」

「ふふっ、どうぞ。いってらっしゃい」

言うが早いか、ライアンはミリアの手を引いてズンズンと建家の方に歩きだす。

「わっ、ちょっとライアン。引っ張るなってばー!」

慌ただしくふたりが行ってしまうと、花畑には俺とティーナが残った。

「すみません、騒々しくて」

俺に向き直り、そう言って微笑むティーナの眼差しはやわらかい。

「なに、元気があっていいことだ」

ふいに、彼女の頬に土がついているのに気づく。

スッと手を伸ばし、親指のはらで唇にほど近いまろやかな頬をたどる。

「えっ?」

彼女はピクンと体を揺らしたが、逃げるような素振りはなく、俺のなすがままに任せていた。

触れた肌はしっとりと吸いつくようで、すぐに離してしまうのが惜しまれた。ほんの僅かな土汚れを拭い取るのに、ついついじれったいほどの時間をかけた。

その間、ティーナはこぼれ落ちそうなくらい目を真ん丸にして俺を見ていた。薄水色のその瞳が熱っぽく潤んでいるように見えるのは気のせいだろうか。

「頬に土がついていた」

いつまでもその肌に触れていたかったがそうもいかず、名残惜しく手を引いて指についた土を示す。

「やだ、私ったら気がつかなくて。すみません」

「いいや、役得だった」

「っ！」

ティーナはパッと顔を赤く染め、恥ずかしそうにはにかむ。初々しい様子に愛おしさがあふれ、無性に保護欲が高まった。

ティーナを脅かす脅威があるのなら取り去りたい。常に彼女のそばにあり、悲しい思いや苦しい思いをさせるすべてから守り、助け、その心を健やかに保ちたい。

しかし、俺が彼女の側にずっとついていることは現実的に難しい。特に、今後は王国に蔓延しつつある病の対策でさらに忙しくなるだろう。場合によっては、王都を離れることもあり得た。

「ティーナ。これを君に」

シャツのポケットから用意していた物を取り出し、彼女の手のひらにそっと握らせる。

手の中のそれを見て、ティーナが目を瞠る。

「まぁ綺麗！　あの、これは？」

そばにいられない俺の代わりに、彼女になにかお守りになる物を渡したいとずっと考えていた。そうして選んだのが、邪気を払い幸福を呼び込むといわれているトンボ玉だ。俺の瞳によく似た紫色のそれを目にした瞬間、迷わず手に取っていた。

「お守りだ」

「お守り？」

「これが、君の守りになるように」

俺は彼女の手から細いチェーンにつながったトンボ玉を取り上げて、そっと首にかけた。トンボ玉は彼女の胸で陽光を受け、キラリと澄んだ光を放つ。

「嬉しい……こんなに心強い守りはほかにありません。大事にします」

彼女は胸もとのトンボ玉を両手でキュッと握りしめ、感極まったように告げる。

女性への贈り物と考えればガラス製のトンボ玉は安価だし、少々子供っぽいチョイスだったかと不安もあったが、気に入ってくれている様子でホッとする。

彼女の胸にいつも俺の渡したそれがあると思えば、ひどく心が満たされた。

「そうか、それならよかった」

どうか俺の代わりに、彼女の心が穏やかであるように見守ってくれ。彼女の胸で燦然と輝く、俺と同じ色を持つトンボ玉を見つめながら、祈りを込めた——。

叔父からの呼び出しがあったのは、ティーナにトンボ玉を渡した日から九日目。感染拡大の一報から実に十一日目のことだった。

そうして向かった離宮の一室で俺を出迎えたのは、寝台の上で半身を起こしているのがやっとの弱りきった叔父と、そんな状態の叔父に浮足立つ廷臣たちだった。

「ファルザードよ。かような病魔に襲われてしまっては、我が国はもう終わりだ。儂はもう、どうしたらいいのか……ゲホッ、ゴホッ」

侍従の案内で入室した俺を見るや、叔父が気弱に訴えてくる。しかし言葉は最後まで続かず、苦しげに咳込んでしまう。

俺への連絡がこんなにも遅かった理由……やはり、そうだったか。王都での感染はいまだ限定的とされていたが、まさか国王たる叔父が罹患していようとは。

「陛下、無理に話そうとなさらず」

俺は叔父の枕辺に大股で歩み寄って背中をさすり、手ずから吸い飲みを口にあてがって飲ませる。

その際に触れた叔父の体は、燃え立つように熱い。

……ひどい熱だ。それに食欲不振も著しいのだろう。比較的肉付きがよかったはずなのに、支えた背には骨が浮き、短期間でずいぶんと憔悴していた。

それらはどれも此度の病の代表的な症状だった。

叔父が喉を鳴らしたのを確認すると飲みこぼしで濡れた口もとを手巾で拭い、引き寄せたクッションをヘッドボードと背中の間に積み重ねて楽な体勢で寄りかからせる。関節や筋肉に痛みがあるようで、叔父は些細な動きひとつにも低く呻いて表情を歪ませていた。

「そなたは病魔に侵された儂に触れるのをためらわんのだな」

ひとしきり咳き込んだ後、症状が治まった叔父は、奇異なものでも見るような目を向けながらつぶやいた。

「私は状況調査で先陣に立っておりますから、いたずらに病を怖れはしません。もちろん慢心せず、できうる限りの対策を取ることが前提ですが」

「……そなたは昔から変わらんな。妃もジェニスも、儂がこの病に罹患したと知るや、寄りつきもせん。ジェニスは儂に代わって国政を仕切る心づもりはあるようだが、なにから手をつけたらよいかは見当もつかぬようで、結局は大臣らに丸投げだ。嘆かわしいことだ」

……まぁ、あの王妃とジェニスならばそうなるだろう。

叔父には気の毒だが、俺に言わせればしょせん同じ穴の狢。叔父の自業自得の面も多いと思えてしまう。

「もっとも、重要な局面での舵取りを体よくそなたに丸投げしておる儂が言えたことではないがな」

続く発言に、驚きをもって叔父を見つめる。

俺の知る叔父は、臆病な内心をひた隠そうと常に虚勢を張っており、間違ってもこんな弱気な発言を漏らす人ではなかった。それだけ、精神的にも肉体的にもまいっているということなのか。

「ファルザードよ。王城内外から、悪化していく状況にろくな対策も立てられぬままの儂と王家に対して不信と不安の声があがっている。儂が言えた義理でないのは百も承知だ。だが、どうか王国の危機を助けてはくれまいか？」

「それは、此度の指揮を私に執れとおおせでしょうか？」

「その通りだ。儂としては、現在、ジェニスに移している対策の全権をそなたに委ねたいと考えている」

ジェニスの性格上、全権移譲の不名誉をすんなり受け入れるとは思えない。どころか、これをきっかけに叛意ありと俺を糾弾してくる可能性もあり得そうだ。

今は万が一にも王家内でくだらぬ勢力争いを繰り広げている場合ではない。

「厳しいことを言うようですが、現実的ではありません。もちろん私に否やはありませんが、十中八九ジェニスは私の政治介入を拒むでしょう。陛下がこれを強行すれば王家の信頼を根底から崩す不名誉な結果を招くやもしれません」

「……うむ」

それならまどろっこしく時間もかかるが、俺の示した対策指針を大臣らの案としてジェニスに伝えて了承を得、ジェニスの名のもとに実行した方がまだマシだ。

「私はすでにチームを各地拠点に派遣し、対応を開始しています。陛下の私兵をこれに割いていただけるのなら、その方がよほど現実的かつ効果的かと」

ここまで言えば、叔父にも俺の真意が正しく伝わっただろう。

ところが、叔父が俺の目をジッと見つめて口にしたのは、想像とは違うものだった。

「いや。ジェニスの反発は必ず儂が抑える。此度の窮地を救える者は、そなたのほかにない。ジェニスでは……いや、儂やジェニスでは力不足だ」

……皮肉なものだな。

叔父はずっと、いつか俺が己に反旗を翻すのではないかと怯えていた。俺が王太子から廃位された直後は、経験もないまま隣国との戦に指揮官として放り込まれて死ぬ思いをしたこともあった。事実、叔父は俺の排除を目論んでいたのだろう。

生還後も叔父は、俺の権勢を削ぐべく行動や資産運用に制約を加えて警戒を続けていた。しかし、そこまでして王座にしがみついているくせに政治に関してはからきしで、数年前からは水面下で俺を頼るようになっていた。

けっして賢王ではない。むしろ、地位と名声さえあれば満足な愚王。それが、最後の最後で王としての良心を見せるのか。

「叔父上……」

意図せずこぼれたのは、実に十三年振りの呼び名だった。さして厚く交流していたわけではなかったが、父王が存命の時分、叔父のことをこう呼んでいた時期もたしかにあったのだ。

「もちろん、私兵の件はそなたの言う通りにしよう……っと、はぁっ。……いかんな、目が回ってきた」

「陛下、もう横になられてください。お心は分かりました。全権移譲が承認されれば、その時は全力でもってその責をまっとうしましょう」

背中を支え寝台に横たわらせながら告げたら、叔父は安堵した様子で目を閉じた。

どうやら無理をしたことで熱が上がってしまったらしい。介助を医師と代わり、そっと部屋を後にした。


回廊を抜け離宮の玄関を出た俺は、前庭に立ち寄り、園芸用として庭の隅に設えられているポンプ式の井戸で手を洗い口を濯ぐ。

幾度かうがいを繰り返していると、外で待っていたザイオンが気づいて歩み寄ってきた。

《意外とゆっくりだったな。話が弾むような相手でもなかろうに》

さっきは病床の叔父の手前、ああ答えた。しかし、現実問題叔父にジェニスを抑えるだけの力はないだろう。そうなれば、面倒事は必至。

やはり、ここは俺が王都を出るべき。

「ザイオン、しばらく王都を離れるぞ」

手巾で手と口もとを拭いながら、ザイオンに告げた。

《ほう。すると行き先は、先だってヘサームと話題にしていたアゼリアか？》

「ああ」

もともと王国北部の町、アゼリアをはじめとする病の蔓延が深刻な地域に出向き、俺が直接対策指揮を執ることを検討していた。

感染者への偏見は根強く、医療者も逃げ出す始末で、診療所も現在は治療とは名ばかり。〝死の館〟などという俗称がいい例で、実質的な隔離場所のようになってしまっていた。

そのほかの衛生対策もなかなか徹底が進んでいない現状があり、これを打破するための現地入りだった。

俺としてもこのまま王都に残り、激昂したジェニスによって無駄な権力争いに巻き込まれるのは本意でない。物理的な距離を取ることが、ジェニスとの衝突回避には有効だろう。

叔父を騙すようで若干気は引けるが、そもそも仮に全権移譲が承認されたとして、その際俺の所在が必ずしも王城にある必要はないのだ。その時は、現地から指揮を執ればいいだけのこと。

《あのあたりは太陽の加護の強い土地だからな。きっとチビ助は喜ぶだろう》

なにを勘違いしているのか、ザイオンがラーラを連れていく前提で語る。

「ん？　行くのは俺たちだけだ」

《なんだと⁉　連れてゆかぬのか⁉》

「当たり前だろう。ティーナは侯爵家の令嬢だ。連れていけるわけがあるか。残していくに決まっている」

なにより、ティーナはうら若い女性で、鍛えている俺とは違い体力も劣る。万が一罹患したら、ひとたまりもないだろう。そんな彼女を、現状で比較的感染拡大が抑えられている安全な場所に置いておきたいと思うのは当然だ。

……あぁ、ティーナに会いたいな。

彼女とは感染拡大の第一報の後、僅かな時間を捻出して顔を合わせたきり。病が蔓延し、その対策に追われるようになってからは、一度も会いに行けていなかった。

この後も、各地から上がってくる報告の精査を行う予定になっており体が空かない。

脳裏に彼女のやわらかな微笑みが切なく思い浮んだ。

《うぬ、そうであったか》

己の早合点に肩を落とすザイオンを横目に、俺と同様ザイオンにとっても、ラーラがかけがえのない存在になっていることを察するのだった。

ここ十日ほど連日で、新聞の見出しは恐ろしい病の蔓延を伝えていた。記事によれば王都での感染は限定的に抑え込めているようだが、街に漂う空気はどんよりと重い。

そんなある日の夕刻。孤児院から帰宅した私は、屋敷の応接間で王城からの使者を相手に目を丸くして声をあげていた。

「お、お待ちください。これにはきっと、なにか誤解が……」

「なんですかな、ティーナ様？　そのようにかぼそい声では聞こえませんぞ」

勇気を振り絞って発した声だったが、素気なく聞き返されてしまう。

「こ、これにはきっと、なにか誤解がございます！」

きっとこれまでの私なら、これで怯(ひる)んで黙してしまっただろう。けれど今は、ひと呼吸おいた後、詰まりながらでも再び声をあげた。

三週間前にお父様の議員仲間を見送った小さな成功体験。あの出来事を皮切りに、私の緘黙症状は日に日に改善されていた。

周囲の反応にいまだ怖さはあるけれど、それでも度胸を据えて踏み出せるようになった。その原動力はファルザード様としたあの日の会話だ。『そのままの自分を誇ったらいい』という彼の言葉が私の心を奮い立たせている。

お姉様のような、機知に富んだ応対にはほど遠い。けれど、最近では来客に最低限の挨拶とカーテシーがこなせるようになっていた。

そうして今、私はお父様と同格の侯爵位を持ち、陛下の最側近でもある高位の使者——エイムズ卿に対し、たどたどしくも抗議しようとしていた。

「誤解とはなんですかな？」

同席している両親と姉は、陛下の忠士たるエイムズ卿から飛び出した突然の話とそれに対する私の言動、二重の驚きに声をなくしているようだった。

「私がジェニス殿下と婚姻を結ぶだなんて、絶対になにかの間違いで……ええ、絶対にあり得ません！」

ほとんど無意識に胸に下がるお守りを握りしめ、震えそうになるのをこらえて訴えた。

エイムズ卿からもたらされた話はまさに寝耳に水。そんな話題が出たことはないし、そもそも私と殿下は間違ったって婚姻に至るような関係ではない。

ところが、エイムズ卿は私の言葉に首を横に振る。

「いいえ。間違いなどではございません。すでに両陛下もこれを了承済み。ジェニス殿下より申し入れを受け、議会でも満場一致の承認が得られております。この婚姻は、

「そんなっ⁉　ですが私は――」

「エイムズ卿、かようなお話をいただき、当家にとっても大変名誉なことだとは思うのです。しかし、この通り当事者である娘が納得できていない状態で、親として『はいそうですか』と了承することはできかねます。加えて私自身議員でありながら、この話は初耳だ。これでは、王家が意図を持って私不在の議会で承認を得て、婚姻を強行しようとしているのではないかと、嫌でも勘繰ってしまう」

私が混乱しきりのまままさらに言葉を続けようとしたら、それを遮ってお父様が整然と告げた。

……お父様！　議員にも名を連ね、かつ侯爵という王家に近しい立場にあるお父様が、真っ向から異を唱えてくれたことに驚きと感動を覚えた。

「シェルフォード侯爵、貴殿を信頼してお伝えします。現在、陛下は病を得て床に伏しておられます」

「なんと！　最近王城内でお姿が見えないと思っていたが、そんな状況に……⁉」

「混乱を避けるために公表は差し控えているが、陛下の病状は芳しくありません。到底政務に携われる状態ではなく、現在、政治的判断の事実上の決定権はジェニス殿下が有しております。しかしながら、殿下はこれまで政権にはまったくのノータッチ。病の蔓延にも有効な対策を打てぬまま後手後手の王家の対応に、国民からの不満の声が高まっている」

国の実情を耳にして、私の眉間に皺が寄る。

ジェニス殿下が最終的な決定権を？……それはおかしい。

だって、殿下はほとんど毎日のように私のところにやって来ては、こちらの状況などおかまいなしに『異国の楽団を呼び寄せた』とか『目新しい品を購入した』とか、そういった自慢話を延々と聞かせてくるのだ。

さらに毎回のように『なにか動物を飼っていないか？　野生の鳥や爬虫類に懐かれたりはしていないか？』としつこいくらい尋ねてくるが、ラーラが殿下をあきらかに避けているのは分かっているので、これには一貫して『そういう事実はない』とだけ答えていた。

打っても響かない私の反応が面白くないのだろう、殿下はいつもため息交じりに帰っていく。だったら来なければいいのにとは口が裂けても言えないので、愛想笑いで応対しながら、王太子というのはよほど時間とお金に余裕があるのだと困惑と共に理解していたのだが……。

それがまさか、そんな差し迫った状況にある殿下が、政務を蔑ろにしてやって来ているだなんて考えもしなかった。

お父様が納得いかない様子で、エイムズ卿に尋ねる。

「状況は分かりました。誓って他言もいたしません。しかし、それとティーナの婚姻話にどのような関係があるというのですか？」

頻回に訪れるジェニス殿下とは逆に、私はここ最近ファルザード様とめっきり会えていなかった。

彼と会ったのは、病の感染拡大が新聞の見出しになるよりも前。

彼は多忙の合間を縫うように孤児院に顔を出して、お守りのトンボ玉をくれた。来訪自体はほんの短い時間ではあったけれど、あの日はたまたまジェニス殿下もおらず、久しぶりに彼の顔が見られてひどく安心したものだ。

彼の瞳によく似た紫色のトンボ玉は、あれ以来片時も外さずにいつも私の胸もとで澄んだ輝きを放っている。手のひらで握りしめると、そこから勇気が湧き出てくる。まるで彼が一緒についてくれているかのような、そんな心強さを覚えた。

おそらく、彼はあの時にはすでに病の一報を得て、対策で忙しく動き始めていたのだろう。そんな中でも彼が私のことを思い、心を砕いてくれたことが嬉しかった。

私はもう一度トンボ玉を握り直して勇気をもらってから、真っ直ぐにエイムズ卿を見据えた。

「恥を忍んで申しますが、殿下には求心力がないのです。しかし、このままいけば遠からず王権の譲位は必須。有り体に言うと、国としてはその際にシェルフォード侯爵家の後ろ盾が是が非にも欲しい」

正直なところ、エイムズ卿がここまで腹を割って伝えてくるとは思わなかった。

私自身あまり自覚したことはなかったが、シェルフォード侯爵家は建国に深くかかわった家で、王家に次ぐ歴史があった。代々の当主が表舞台での権勢を望んでこなかったため、王城内での主要ポストで辣腕を発揮するような華やかな活躍はないが、現代でも領民はもとより国民からも好意的に受け止められているのだ。

エイムズ卿のざっくばらんな物言いに、お父様も若干押されているようだった。

「っ、それならば新国王即位に私が支持表明を――」

「シェルフォード侯爵！　貴殿とて、本心ではすでにお分かりだろう⁉　国民が求めるのは、婚姻という確固たる結びつきであり、単なる支持表明では弱いのです。加えて、ジェニス殿下はただでさえ年若い。一国の王としての安定感を考えるなら、妻帯の事実は確実にあった方がいい。そして殿下の妻にはシェルフォード侯爵家のご令嬢をぜひとも推したい。殿下本人と両陛下に加え、これは我ら臣下一同の総意でもございます」

こんな内情を聞かされたからといって、絶対に了承なんてできない。だけどいざ、反論を口にしようと思えば、どこから突破口を開けばいいのか分からず途方に暮れる。

薄く唇を開いたり閉じたりしながら、頼りのお父様を見た。

ところが、そのお父様もここまで言われてしまったからか、額に手を当てて力なくソファに体を沈み込ませている。どうしよう。どうすれば……、ファルザード様――。

脳裏に、前々回会った時に彼から告げられた真摯な言葉と眼差しが浮かんだ。

その時。

「……エイムズ卿。今のお話ですと『シェルフォード侯爵家の令嬢であればいい』と、私にはそのようにも受け取れました」

これまでずっと黙していたお姉様の発言に、全員の視線が集まる。

「マリエンヌ様、それはどういう意味でしょうか？」

問いかけたのはエイムズ卿だったが、あまりに予期せぬ切り口からの発言に全員が困惑していた。

「我が妹、ティーナはこの婚姻話に大いに戸惑っている様子。さらに妹は、これまで社交のいっさいを遠ざけて過ごしてまいりました。姉の私から見ても、王妃の重責はあまりにも荷が重いのではないかと」

さらにお姉様は続ける。

「このまま婚姻を強行しても、ティーナでは殿下の寵愛は得られても、一国の安定に貢献するには力不足でしょう」

「では、どうしろと？」

「少なくとも、侯爵家の長子としてあらゆる可能性を視野に励んできた私には、一国の礎となる覚悟がございます。もちろん、私でなくともよいのです。当家には及ばずとも、国民から篤い支持を得ている家は幾つかありましょう。それらの家々の自覚と覚悟を持った令嬢たちの中から、殿下の妃を選出すべきだと思います」

惚れ惚れするほどの、自己犠牲を超越した重たい言葉だった。これにはエイムズ卿も返す言葉がないようで、口を引き結んだまま頷いていた。

「まずは殿下とそういった令嬢たちとの出会いの場の設置を要求します。そして、その席で殿下のお心を動かせるよう、最大限働きかけいたしましょう」

感銘を受けた様子のエイムズ卿が、思わずといった調子で漏らす。

「惜しいことだ。もし、殿下が見初めたのがあなたであったなら……っと、失礼。これは言っても詮無きこと」

エイムズ卿は途中でハッとしたように発言を撤回したけれど、あの言葉は紛れもない彼の本音だったろう。もとより一目置いていた私ですら、改めてお姉様のすごさを実感していたのだから。

その後、エイムズ卿と話を詰めていく中で、見合いという名の懇親の席をできるだけ早急に設ける方向でまとまった。あれだけ強固に殿下と私の婚姻を進めようとしていたエイムズ卿が、お姉様の主張を全面的に受け入れた格好だ。一国の安寧を見据えてのお姉様の発言には、それだけの力があったのだ。

お姉様の機転で殿下との婚姻がいったん保留となったことに、私は愁眉を開いた。

そうして話が済むと、エイムズ卿は私やお父様に非礼の詫びを丁寧に伝え、王城に帰っていった。

その日の夜。

「いったいどういうつもり⁉ あなたは孤児院でなにをしてるのよ⁉」

呼び出されて向かったお姉様の部屋。ノックして入室するや、お姉様が座っていたソファから立ち上がって声を荒らげた。エイムズ卿や両親らを前にしていた時とは違う刺々しい追及は、まるで私に瑕疵があったかのようだ。

なに？　お姉様はどうして、こんなに怒っているの？

普段の穏やかで優しいお姉様からは考えられないその様子に、困惑が先に立つ。

「お姉様、どうなさったのですか？」

「どうもこうも、あなたには呆れたわ！　とにかく、包み隠さずすべておっしゃい！」

いつにないお姉様の態度が私を混乱させ、萎縮させた。

「慰問にやって来た殿下とたまたまお会いした後、頻回に訪ねてらっしゃるようになって。私にもなにがなんだか。ただ、殿下と私は誓ってそういった仲では……」

ソファに促されることもなく、私は扉の近くに立ったまましどろもどろにエイムズ卿が帰った後の居間で両親やお姉様たちに語った内容を繰り返す。お姉様も立ったまま再び座ろうとはせず、私が話している間も終始圧をかけてくる。

「そこはもう何度も聞いたわよ！　そうじゃなくて、現実問題あなたが殿下の気を引いたからこそ、こんなことになっているんでしょう!?　出会いからここまで、殿下との交流や会話の仔細をすべておっしゃい！」

私が殿下の気を引いた？　そんなことはあり得ない。

だって殿下は……。

「慰問のあの日、出迎えの列に立っている時に目が合ったら、とても驚いた様子で私の腕を取ってきて、そこから連日のように孤児院に通ってくるように。会話すら交わしていない中で、私が殿下の気を引くだなんて、そんなことはけっして」

うろたえながら訴えたら、お姉様が眉をつり上げた。

戸惑いつつ、お姉様のあまりの変わりぶりに、どこかおかしくなってしまったんじゃないか？と、そんな疑念すら浮かぶ。

それくらい目の前のお姉様の様子は、私にとって信じがたいものだった。

「なんてこと！　殿下のひと目惚れだと、そう言いたいのね⁉」

「そんなっ！　あり得ません」

反射的に否定して、首を横に振る。

私の鉄錆みたいな赤毛と色褪せた青目、貧相なこの体でどうやって男性の目が引けるというのか。幼い頃から私の成長を近くに見て、親身に相談に乗ってくれていたお姉様は、誰よりもそれを知っているはずだ。

「本当に忌々しいったらっ」

それなのに、どうしてお姉様は私の訴えを聞いてくれないのか。そんな、蔑むような目で私を見るのか。

「あの、お姉様……」

「それで⁉　その後は⁉」

そこから先は、殿下は何時頃やって来て、何時までいるのか。滞在中、どういうふうに過ごし、どんな話をしてきたか。具体的な説明を求められた。

お姉様は終始、私を責めるようなきつい物言いと態度を崩さなかった。むしろ、話が進むごとにお姉様の表情はいっそう険しくなるばかりで、私は途方に暮れた。

「はぁ。……とにかく、あなたはもう孤児院に行くのをおやめなさい。そうすれば、後のことはお父様と私がうまくやってあげる」

そうして、求められるまま答え続けるだけの、尋問のような苦痛な時間が終わると、お姉様が特大のため息の後でそんな台詞をこぼす。まさかのひと言に、私は目を丸くした。

困った時や物事に行き詰まった時、私はいつもお姉様に言われるまま奥へと引っ込んで、その後の対処を任せきり。これまでずっと、そんなふうにやってきた。だけど——。

「孤児院にはこれまで通り行こうと思っています」

ファルザード様の『そのままの自分を誇ったらいい』という言葉を胸に、自分を奮い立たせて声にした。

「なんですって⁉」

私の反論が予想外だったのか、お姉様が悪鬼のような顔で私を睨(にら)みつけた。

怯みそうになるけれど、私の思いを誠心誠意説明すればきっとお姉様なら分かってくれる。だって、これまで私のことを考えて、親身な助言や手助けをあんなにしてくれていた優しいお姉様なのだから。そう、自分を鼓舞し続けた。

「殿下の件と孤児院訪問は分けて考えたいんです。私は孤児院で園芸を行っていますが、どうしても私の手がないと花の品質がうまく保たれない部分もあって」

実は、ミリアが花の販売を始めてから二カ月が経ち、かなり軌道に乗ってきていた。最近では、ミリアのほかにも数人の子供たちが花売りと花畑の作業を担うようになり、新たな苗を植えて栽培の規模も広げたばかりだ。

けっして多くはないが安定的な現金収入も得られるようになり、院長からも感謝を伝えられている。

「花なんて、誰が手入れしようが同じよ！　そんなのはあなたの勝手な思い上がりだわ！」

お姉様は私の言葉を一刀両断する。しかし、実際にそうなのだ。

私自身不思議なのだが、ミリアが当初口にしていた通り、私の来訪が空くと花が少し元気をなくしてしまう。もちろん、最終的には私の手がなくとも子供たちで維持できるように持っていくのが目標だけれど、今はまだその過程にある。

そんな状態で、中途半端のまま投げ出すのは嫌だった。

「たとえそうだとしても、いきなり放り出すような身勝手はしたくありません」

「っ、分からない子ね！　のこのこ孤児院に出ていって、殿下に会ったらどうするのよ⁉」

「その時は自分の口から、きちんと辞退をお伝えしようと思っています」

「もういいっ、話にならないわ！　出ていって‼」

お姉様は握りしめた拳をわなわなと震わせて叫ぶ。激昂するお姉様に、私はひどく慌てた。

「お姉様、待って——きゃぁ！」

胸のあたりを乱暴に押しやられて、取りつく島もなく部屋から閉め出されてしまう。

「これまで私がどれだけ心を砕いて王妃様に尽くしてきたかっ……、やっと努力が実を結んで殿下にご紹介いただけるところまで漕ぎつけて。目の前に王太子妃の椅子が見えてきて……すべてがうまくいくはずだったのに……っ、全部、全部台無しよ！

あなたは昔からそうやって無自覚に私から奪っていく！　金輪際、あなたの顔なんか見たくもないわ！」

お姉様が扉の向こうでまくし立てていたが、今はショックからまともに物を考えることが難しい。

結果的にお姉様の助言をはねつける格好になった。けれどそれは、こんなに激しく拒絶されてしまうほど、悪いことだったのだろうか。分からない。

力なく廊下に立ち竦んでいたら、ラーラがやって来て私の足にスルリと尻尾を絡ませながら、温かな体をすり寄せた。

『みゅー《元気出して》』

これまでも、なんとなく察しはついた。だけど今は、その声が《元気出して》と言っているのが分かった。

「ありがとう、ラーラ」

……不思議ね。でも、もしかすると弱った心が幻聴を聞かせているのかもしれないわね。

そう納得し、しゃがみ込んでそっと胸に抱き上げたラーラはふんわりとやわらかで、お日さまの匂いがした。少しだけ、沈んだ心が慰められた。

【第六章】拾った子ネコの正体は？

叔父の呼び出しから三日目、俺はヘサームを振り切るようにして対策協議で缶詰状態だった屋敷を飛び出し、シェルフォード侯爵邸へと向かっていた。この時間に行けば、ちょうど孤児院に向かうティーナと合流できるだろう。

昨夜ヘサームから受けた驚愕（きょうがく）の報告と、その対応のせいで一睡もできぬまま朝を迎えていた。こうしてティーナのもとに向かっている今も、気ばかりが逸って仕方ない。

《そういきり立つな。そなたがじたばたしたところで状況は変わらんぞ》

「そんなことは分かっている。だが、まさか俺が引き続きの対策とアゼリア行きの準備に追われている最中に、王家と廷臣らがジェニスとティーナの婚姻を強行する暴挙に出ようとは……っ」

苦々しく漏らす俺を、ザイオンがヤレヤレといった様子で見上げる。

ジェニスの王位継承までカウントダウンが始まっている。それなのに、病の蔓延と反比例するように王家の求心力は落ちる一方。王妃や忠臣らは、少しでもその地盤を盤石なものにするべく、シェルフォード侯爵家との縁を急いだのだろうが……。

どんなにジェニスが婚姻を望んだところで、ティーナの心も得られていない状態では、しょせん奴の勇み足だと甘く見ていた。俺の読みが甘かったのだ。

《シェルフォード侯爵家の国民人気は高い。窮地の王家が藁にもすがる思いで取り込もうと動く可能性はあったろうさ。まぁ、今回はそなたも油断したな》

俺が調査した限りでは、もともと廷臣たちはジェニスの戴冠後の婚姻を目指し、シェルフォード侯爵家と話し合いを進める心づもりでいたはず。少なくとも、最低限の手順を踏む気も準備もあったようだ。

それが一気に動きだしたのは、おそらく王家に対する世間の評価が予想以上に悪いせいだ。いずれにせよ、ザイオンに言われるまでもない。

「ああ。これは俺の慢心が招いた事態だ」

《とはいえ、わざわざ当のシェルフォード侯爵を外し、緊急招集した議会で承認を強行している。さすがのそなたも、事前にこれを察知して止めるのは難しかったろうよ》

フォローとも慰めともつかないザイオンの台詞が、今は虚しく響くばかりだ。

《して、これからどうするつもりだ？》

俺自身、決めかねていた。

実は、ヘサームの報告では今日にも国民に向けて婚約発表されるだろうということだった。俺はこれを阻止すべく、昨晩のうちにある男と接触を持った。

その男とは亡き父の忠臣で、今は叔父に仕える王国最後の良心、エイムズ卿だ。彼は己のためでも王のためでもなく、国のために身命を賭する男。なんとか彼を説得し、この婚姻話を白紙に戻そうとしたのだが……。

「どんな思惑があってのことかまでは分からんが、エイムズ卿は俺に対して公表延期を明言した。彼を信じ、状況を注視していく」

口ではそう答えながら、もしもの時は彼女の身柄を預かる心づもりがあった。

その場合、嫌でもジェニスと真っ向からぶつかることになる。避けたい状況ではあるが、ティーナを守るためならば、躊躇はなかった。もっとも、これは最終手段だが。

《ほーう。ま、そういうことにしておこう》

俺の内心などお見通しといったザイオンの様子が腹立たしい。

まったく。分かっているなら、聞かねばいいものを。

そうこうしているうちに、シェルフォード侯爵邸の正門が近くなってくる。

見上げたティーナの自室の窓からは、レースのカーテン越しに明るい光源が見て取れた。

「まだのようだな」

ティーナが出てくるのを待とうと、道端に場所を移ろうとしたその時。

ティーナの部屋の隣の窓が開き、金髪碧眼の女性が姿を現す。実際に顔を合わせるのはこれが初めて。それはシリジャナとの国交樹立十周年記念式典の絵に描かれていた女性――マリエンヌだった。

俺と視線が合うと眉を寄せ、まるで不審者でも見るように蔑みのこもる目を向けた。あまりにあからさまな反応ではあるが、往来から他家の敷地内を見上げていた俺にも非はある。しかも俺はいつも通りの軽装なので、パッと見貴族館の来客というより平民に近い印象だ。不信感を抱かせてしまったのかもしれない。

《ははぁ。チビ助の言っていた通り、これまたすさまじい陰気をまとった女だな》

面白そうにザイオンがこぼすのを無視し、俺はすぐに場所を移ろうと背中を向けた。

「ファルザード様⁉」

俺が足を踏み出しかけたところで、玄関から出てきたティーナに声をかけられる。

「ティーナ」

振り返り、駆け寄ってきたティーナに向き合う。彼女は俺の顔を見ると、嬉しそうに笑みをこぼした。

　胸もとで俺が渡したトンボ玉がキラキラと光っているのに気づき、思わず頬が緩んだ。そして彼女の足もとにはラーラがぴったりと寄り添っている。ラーラはもうバスケットには入っていなかった。前回会った時から十二日が経ち、足取りが目に見えてしっかりしていた。

　顔つきや雰囲気も少し変わったようだった。すかさずザイオンがラーラに歩み寄り、話しかけていた。

「ここのところちっともお会いできなくて、忙しくしておられるのだろうと心配していたんです。あぁ、久しぶりに元気なお顔が見られてホッとしました。でも、屋敷に来てくださるなんて驚きました。なにかあったのですか？」

　ティーナはいつになく興奮した様子で、少し早口に語った。

　彼女こそ目まぐるしい状況に巻き込まれて大変な思いをしているはず。こんな時でも、真っ先に俺を気遣おうとする優しさに胸が詰まった。

　そして気のせいかもしれないが、今日の彼女はこれまでより少し大人びた雰囲気にも見えた。

「まぁ、あったといえばあったのだが。それよりも、俺も君に久しぶりに会えて嬉しいよ。今日もこれから孤児院に行くのだろう？　一緒に向かっても？」

なにかあったのはむしろ彼女の方だ。彼女がどんな解決を望み、どう動こうとしているのか。朝から押しかけてきたのは、これを知るためでもあった。

しっかりとそれを聞き、彼女の思いに沿うように最大限力を尽くすのみだ。

「もちろんです！」

ティーナは俺の申し出に満面の笑みで頷き、彼女と並び立って歩きだす。その時に、窓からこちらを見下ろすマリエンヌの姿が一瞬だけ視界の端を掠めた。

冷ややかな眼差しは、俺だけでなく妹のティーナにも注がれていた。いや、むしろ俺に対するそれよりも……。

「ファルザード様」

「ん？」

呼びかけられて、意識がマリエンヌから目の前のティーナに向く。

「ありがとうございます」

「それはなんに対する礼だ？」

唐突に告げられた感謝に首を捻る。

「前に、困った時助けになると言ってくれましたよね。私、あなたの『そのままの自分を誇ったらいい』という言葉にずいぶんと助けられているんです。だから今のは、そのお礼です」

「急にどうした?」

「急にというわけではないんですが。……実は今、少しだけ難しい局面に立っていて」

ティーナが苦い顔で、ポツリと漏らす。

彼女の言うところの『難しい局面』にあって、なぜ俺に伝えてくるのが「助けて」ではなく感謝なのか。

俺は彼女にとって、そんなに頼りないのだろうか。

もどかしい思いが胸に湧く。

「それは、大丈夫なのか?」

そんな内心をひた隠して問えば、彼女は俺の目を見てしっかりと頷いた。

「はい、その件はお父様やほかの方の助力でなんとか打開できそうです」

「ならいいが……」

果たして、そううまく事が運ぶだろうか。

「それに、私の中で少し考え方が変わってきていて。これまで私は無意識に周囲の反応や顔色を過度にうかがって口をつぐんできました。それをいいことだとは思っていなかったけれど、失敗して相手を幻滅させてしまうよりはマシだと納得もしていたんです。でもそれは、いっそうの事態の悪化につながってしまうのではないかと」

ひと呼吸置いて、ティーナがさらに続ける。

「だから、もしお父様たちで対処しきれなくとも、その時は私の口からもきっぱり否と伝えるつもりでいます。今回の件に関しては、最終的に双方の合意がないと成り立たないことですから、一方的な先方の主張は通りません」

「双方の合意……」

それが正しく尊重されていたら、歴代のいとし子――聖女たちは涙をのまずに済んだだろう。

憂慮する俺とは対照的に、ティーナはなにかが吹っ切れたような表情で語る。

「ファルザード様。私がこんなふうに考えられるようになったのは、あなたのおかげなんです。すごく感謝していて……、それで、今度は私があなたの役に立ちたい。きっと今、ファルザード様は大変な状況で立ち動いているはずで、そんなあなたの力になりたいと思うんです！」

予想外の台詞に驚いて目を瞠る。

もしかすると俺は、ティーナのことを見くびっていたのかもしれない。

そんなつもりはなかったが、弱い者、守るべき者と決めつけて、勝手に先覚を気取っていた。驕っていたのは、俺だ。

「いえ。そのっ、私なんかがおこがましいのは分かっています！　でも、これは私なりの決意表明というか……っ」

俺の反応になにを思ったか、彼女はあわあわと焦ったように弁解を口にした。

「フッ。ありがとう、ティーナ。これ以上なく頼もしく、そして嬉しい申し出だ」

素直に伝えれば、彼女はパァッと顔を綻ばせた。

「では！　もし、私に手伝えることがあったら言ってください。ファルザード様は今回の病の対策をされているんですよね？　私、社交の方はからきしダメでしたが、計算や外国語は家庭教師の先生に褒められたこともあるんです。集計やリストの作成だったり、外国の文献を調べたり、もちろん雑用だって、なんでもお手伝いしますから」

東地区へと続く道を進みながら、俺たちの会話は途切れない。

「いや。正直、こちらで情報の取りまとめや分析をする人材は揃っているんだ。足りないのは、現地で対策の指揮を執れる人材なんだ」

やる気を見せる彼女を前に気が引けたが、包み隠さず現状を告げる。意気込んでいた彼女は少し、落胆した様子をみせた。

「現地は、私が想像する以上に大変な状況になっているんですね」

「ああ。感染が蔓延する地区では診療所が患者であふれ、悲惨な状況になっている。新聞では逼迫（ひっぱく）した現地の実情も、なによりこの病に関する正しい情報と対策も、国民に伝えきれてはいない。そもそも今回の病は、ブルマン港から上がってきた熱症状の報告が最初で──」

俺が語る『正しい情報と対策』に、彼女は真剣そのものの様子で耳を傾けている。

「──と、そんな地道な感染対策を徹底することでかなり発症を抑えられるんだが、これがなかなか受け入れられん。そうこうしているうちに状況は悪化の一途をたどっている」

「まさか、そんなことになっていたなんて」

「該当地域への物流は滞り、地区内の衛生環境の悪化も深刻だ。そんな状況だからこそ、中央との連携を取りながら先頭に立って指揮を執るリーダーが必要なのだが、地域の村長や町長たちではそれもままならない。ならば王都から役人を派遣しようにも、ひどいことに現地行きを押しつけ合うありさまで、一向に行き手が決まらない」

ティーナが表情を陰らせた。

「なんてこと……」

「今週中にも、俺がアゼリア地区に発とうかと思っている」

「えっ!?」

「感染の爆発する彼の地域は、我が国の重要な穀物庫だ。このまま対策が後手後手のままでは秋の収穫が全滅し、王国中が飢えに喘ぐことになる。回避のためには、力あるリーダーが必要だ」

ガバッと俺を仰ぎ見たティーナの顔色が、目に見えて悪い。

「すまん、君には少しショッキングな話だったかもしれん。だが、不安に思わなくて大丈夫だ。俺は王都を空けることになるが、困った時に助けになると言ったあの言葉を反故にはしない。君のことは王都に残していく俺の腹心にしっかり伝えておく。なにかあれば、その者がすべていいように対処する。だから安心してくれ」

「いいえ、違うんです！　私は今、自分の不甲斐なさを痛感していて。本音を言えば、『一緒にアゼリアに行かせてほしい』と言いたいんです。でも、それを強行したとして、足手まといにしかならないことが分かりきっているから。あなたと違って、無力な自分が情けなくて……」

「馬鹿な、なにが無力なものか」

「あっ？」

気づいた時には、彼女を軽く胸に抱き寄せていた。彼女はされるがまま、すっぽりと俺の腕の中におさまった。

強く抱きしめたら折れてしまいそうな華奢な体が庇護欲をかき立てる。同時に、やわらかで温かな感触が愛おしく、このままずっと腕の中に閉じ込めておきたいと思わせる。

「こういうのは、適材適所というんだ。現状、アゼリア行きに俺以上の適任はいない。逆に、君の手がもっとも活かせる場所はここだ」

前方に見えてきた孤児院と、その横手に広がる花畑を彼女の背中に回したのと反対の手で指し示しながら言いきると、彼女が潤んだ瞳で俺を見つめる。熱を孕んだその目にドキリと鼓動が跳ねた。

「……ファルザード様」

朱色に色づく唇がゆっくりと開く。彼女は俺になにを告げようとしているのか。そわそわと焦れる思いで彼女の言葉を待った。

「今回の一件で、再認識しました。私はあなたを――」

「あー、ティーナだ！　わぁっ、ファルザード様もいるの⁉」

孤児院から出てきた子供たちに声をかけられて、ティーナはビクンと肩を揺らしながら唇を閉じてしまう。

俺もやむなく腕をほどいて、彼女を解放する。俺の手から離れていくまろやかな感触と温もりが、なんとも切ない。

……なんというタイミングの悪さだ。

折もあろうに、ここで子供らとかち合うこともあるまいに。

間の悪さを呪いながら、仕方なく子供たちに向き直る。孤児院の前の道を掃きに来たのだろう、ほうきと塵取りを手にした子供らの姿にため息が漏れた。

「最近全然来なかったじゃんか。ずいぶん久しぶり……って、なーんだ。今日は手ぶらかぁ。ちぇっ」

「ライアン！　そういうのは思ってても、口に出すもんじゃないぞ！」

ライアンのつぶやきを聞きつけたミリアがたしなめる。しかし、その台詞にも突っ込みどころが満載で、思わず苦笑が浮かぶ。

俺の隣でティーナも笑いを噛み殺している。さっきまで俺に向けていた熱っぽさは鳴りを潜め、その眼差しもすでに子供たちを見守る優しげなそれへと変わっていた。

「すまんな。ここのところ立て込んでいてな」

「え？　立て込んでって……、もしかしてもう帰っちゃうの？」

わらわらと寄ってきた子供らに告げると、ミリアが首を傾げる。

「ああ。無理を言って少し仕事場を抜けてきただけなんだ。すぐに戻らなければならない」

こうして子供らに囲まれてしまえば、ティーナとふたりきりで話すことはもう難しい。

それに、俺が強引に出てきてしまったために、今頃へサームはキリキリしているはずだ。王城から派遣された担当官たちは頭が固く、何を提案しても「前例がないのでできかねる」の一点張り。こちらの意見を聞き入れようとしない。

急務である彼らの説得に加え、俺のアゼリア行きの調整もある。これ以上ここにとどまるのは難しかった。

「なんだ、残念」

「それから、しばらくここには来られそうにない。次の来訪は、さらに間が空いてしまうと思う。その代わり、次の時はお前たちが好きな甘い物をたくさん土産に持ってこよう」

「わぁっ、甘い物⁉　約束だよ！」

土産の件で子供たちが沸き立った。

ふと孤児院の敷地に近い木立の合間で、なにかがキラリと光ったのに気づく。ハッとして顔を向けると往来でよく見る四輪の箱馬車が確認できた。

孤児院への来客かとも思ったが、馬車はそのまま通り過ぎていってしまった。どうやらこの区域にある民家への来訪だったらしい。

「今週中に、とおっしゃっていましたよね。そうすると、もう出発前にお会いすることはできませんね」

土産に喜ぶ子供たちを尻目に、ティーナが寂しげに口にした。

俺は再びティーナに向き直り、今後について伝える。

「そうだな。調整が済み次第出発するから、早ければ明日明後日中にも発つかもしれん」

俺の答えにティーナはグッと唇を噛みしめてうつむく。

その様子に、彼女が俺との束の間の離別を惜しんでくれているのが感じ取れ、不謹慎にも嬉しいと思ってしまう。

「そうですか。ファルザード様、どうかお気をつけて。ご無事のお戻りをお待ちしています」

「ティーナ。俺が戻ってきたその時は、さっき君が口にしかけた話の続きを聞かせてくれ」

ティーナは僅かに目を見開いて、フッと微笑んだ。

「はい。必ずお伝えします」

「ありがとう。その時は、俺も君に伝えたいことがある。アゼリアでも、君との再会を励みにして頑張れそうだ」

「よかった、いってらっしゃいませ」

「ああ、いってくる」

ティーナがここで「さようなら」ではなく、見送りの言葉を選んだことに気持ちが綻ぶ。

最初に顔を合わせた時にも思ったし、ラーラに対しても同じような感覚を覚えたが、微笑みを湛(たた)えた彼女はひと皮むけて少し頼もしく見えた。

ミリアやほかの子供らとも挨拶を交わし、なぜか地面に卒倒しているザイオンが起き上がるのを待って孤児院を後にする。厳しい地への出立を控える俺の心と足取りは軽かった。

　ファルザード様と十二日ぶりに会ったその日の帰り道。

《ねぇ、ティーナ。ファルしゃまにあたしとお話しできるようになったんだって、伝えなくてよかったの？》

　孤児院を出てしばらく進んだところでラーラが切り出した。

「ええ。私がいとし子だという事実は、私が自分の中で折り合いをつけていくべきものだと思うから」

　……そうなのだ。ラーラのこと、自分自身のこと、そしてファルザード様とザイオンのこと。私はもう、すべて知っている。

　昨日、お姉様の部屋の前の廊下でラーラの慰めの言葉を聞いた気がした。その時は、弱った心が幻聴を聞かせているのだと納得したが、実際はそうではなかった。

　あの後、自分の部屋に戻ってからもラーラの鳴き声がすべて意味ある言葉として聞こえてきて、さすがにおかしいと思い、そこからラーラと真剣に向き合って会話すること数時間。

　最初は戸惑い疑心暗鬼になり、やがて聞かされた事実の重みに怯えて震え上がった。

途中、何度も自分の正気すら疑って。そのたびにラーラに辛抱強く言い聞かせられ、深夜までかかってラーラが光の精霊であることも、自分がラーラに選ばれたいとし子であることも、なんとか自分なりに消化した。

ちなみにファルザード様がいとし子だという事実は、一聴で抵抗なく受け入れられた。才覚にあふれ、人格的にも優れた彼には、「なるほど彼ならば」と思わせるだけの圧倒的な説得力があり、疑う余地はなかった。

「あ、もちろんあえて内緒にしたかったわけじゃないのよ。ただ、今日はそれよりももっと伝えたいことがあったから、そっちを優先しちゃったってだけなんだけどね」

今でも、自分が精霊のいとし子だなんて信じられない思いだが、ラーラの声が私にだけ意味あるものとして聞こえていること、その姿が私にだけ正しく見えていることがなによりの証拠であり、最後は受け入れざるを得なかった。

ラーラの淡い発光は気のせいではなかったのだ。いとし子として覚醒してから初めて見た今日のザイオンも、淡く銀色に光っていた。彼の背中の盛り上がりもただの毛ではなく広げると羽になるのだそう。なんなら、ラーラにもそのうち生えてくるというから驚きだ。

ただ、おかげで一点自分なりに納得できたこともある。ジェニス殿下が私を妃に求めた理由だ。きっと彼は気づいたのだ。そうして私を妃にすることで、いとし子を伴侶とした歴代の王たちと同様の恩恵を得ることを期待している。

だけど、残念ながら私はその期待には応えられそうにない。そもそも、私の魔力は雀の涙ほどしかなく、ラーラが私の魔力を増幅する機会は訪れない。

これを知れば、きっと殿下は落胆と共に諦めるだろう。そう、確信していた。

《ふふっ。ティーナにとっていとし子の事実より、ファルしゃまへの感謝や愛を告げることの方が優先度が高いのね？》

「ちょっ⁉ 愛を告げるだなんて、私はそんな……っ」

気まずさから思わず声が裏返る。

そう。あの時の私は、彼に「あなたを尊敬している」と続けようとしていた。愛を告げるだなんてとんでもないことだ。

……だけど、もしあの雰囲気のままさらに言葉を重ねていたら、口にするつもりのなかった深層の想いまで飛び出してしまっていたかもしれない。

「もうっ、からかわないでちょうだい」

それにしても、ザイオンとの会話に夢中と思わせておいて、こっちの話を横聞きしているだなんて反則だ。

焦ったように否定する私を見上げ、ラーラはコテンと首を傾げた。

《からかってなんてないよ。なんで好きなのにその心を伝えるのを恥ずかしがるの?あたしはちゃんとザイオンに伝えたよ》

昨日まで赤ちゃんネコだとばかり思っていたラーラと男女の愛を語るのは少しこそばゆいが、《ザイオンに伝えた》と堂々と言いきられてはその内容が気になって仕方ない。

「え⁉ なにを言ったの⁉」

《離れ離れになっちゃうけど、待ってるからって。ザイオンの赤ちゃんをあたし以外に産ませちゃ嫌だって、そう伝えた!》

好奇に負けて尋ねたら、とんでもない発言が返ってきて面食らう。

突っ込みたくなるポイントが多すぎて混乱するが、ひとまずは。

「え。精霊って、胎生なの?」

《ううん、卵生だよ》

「……へー」

答えを得てなお、なぜか私の混乱は増した。

《でもね、ザイオンは答えてくれなかった》

ラーラがグスンと洟をすすりながら、不貞腐れたようにこぼす。

「え？」

まさか、ラーラは振られてしまった？

でも、二匹は明らかに想い合っているように見えたのに。そんなことがあるのだろうか。

《ザイオンってば、あたしが伝えた瞬間に事もあろうに卒倒しちゃうんだもんっ。でも、もういいの。あたし腰抜けは嫌いよ》

ラーラはフンッと鼻息を荒くするが、意外に純情な反応を聞かされた私は少しばかりザイオンに同情した。

きっとザイオンは、ずっとチビ助扱いしていたラーラからの仰天発言に、私以上に衝撃を受けたことだろう。

《ねーねー。それはそうと、今日ちょっとヘンじゃなかった？》

ラーラの話題転換に私は即座に頷く。

「あ、お花のことよね？　たしかに今日は、全然売れなかったわね」

私が栽培を手伝うようになってから花の品質は格段によくなって、今では数人の常連客もついている。常連さん以外にも、往来で気に入って買ってくれる通行人は多かった。

それなのに、今日は常連さんも含めてひとりもお客さんがつかなかった。こんなことは初めてだった。

「でも、今は時期が時期だし。みんなお花を買い求めるどころじゃないのかもしれないわ」

王都でも病が生活に影を落とし始めていた。

花は生活の必需品ではないから、売れ行きが鈍くなるのも仕方ないだろう。

《そうかなぁ。町の人たちがあたしたちを見る目、なんかおかしかった気がするけど》

「そう？」

《帰りがけに会った女性客の反応を思い出してみて？ 最初はあんなにニコニコで買い求めようとしてくれてたじゃない。なのに、たまたま通りがかった知り合いにすごい勢いで袖を引かれてなにか囁かれたと思ったら、一転してすごい目でこっちを睨みつけながら買うのをやめると言ったわ。それこそ、まるで汚いものでも見るみたいに》

悲しいけれど、あのお客さんたちは孤児と孤児院に対して偏見を持つ人だったのだ。

それについては、女性の反応を一番近くで目の当たりにしたミリア自身もそう理解していた。

「たしかにあの反応はあんまりだけど、毎日商売していればこういう日もあるわ」

ラーラはまだ少し納得いかない様子だったが、そもそも花は生活の必需品ではないのだ。世情が悪化していくと、段々とこういう日が増えていくかもしれない。

私はあまり深刻に捉えず、腰を屈めてラーラに両手を差し出した。

「さ、ラーラ。今日は花がなかなか売れなかったせいで、いつもより長く歩いたものね。疲れたでしょう？　いらっしゃい」

《わぁっ、抱っこー》

ぴょんと胸に飛び込んできたラーラを抱き上げて、馬車駅を目指して歩く。

その途中、たまたま通っていった貴族の所有と思しき豪奢な馬車を見て、私たちのすぐ近くを歩いていた女性グループが反応した。

「あーぁ、お貴族様はこんな状況でものんきなもんだ。北地区に隣接する町じゃ、町人の十人にひとりが病におかされてるっていうのにさ。ここ最近になって王都への往来に条件をつけての人流抑制が始まって、やっと少し安心できたとはいえ、いつ王都でも感染爆発が起こるか分かったもんじゃない。診療所は患者で飽和状態、物の価格は上がるばっかりだってのに、王様も王太子様もてんでアテになりゃしない」

「ねぇ、知ってる？　その人流抑制の政策、腰の重い王家の面々を押しのけて推進したのはグレンバラ公爵だって専らの噂よ」

「なんだって⁉　王家が執った虎の子施策が自分らが追い落とした公爵様の案だとは笑いぐさだね。あたしゃね、王太子時代のグレンバラ公爵と市民交流会の席でお話ししたことがあるんだ。まだ十やそこらだったが、民思いの利発なお方でね。この方の御世なら安心だと思ったもんさ。グレンバラ公爵が王位に就かれていたら――」

「シィッ！　それ以上はおやめよ。巡回中の警らにでも聞かれちゃ事だ」

横から鋭くたしなめられて、婦人は慌てて口をつぐんだ。

「おっと、そうだったね」

女性グループは周囲の目を気にしつつ、そそくさとその場を去っていく。

……まさか、こういう形でファルザード様の名前を聞くことになるなんて。

病もさることながら、王家の置かれた状況は、私が想像する以上に悪いのかもしれない。女性たちの会話から、苦しい我が国と王家の実情が嫌でも垣間見えた。

帰宅した屋敷では、お母様と使用人たちが、お姉様の衣装やら馬車の手配やらで慌ただしくしていた。使用人のひとりをつかまえて仔細を聞けば、急遽王太子殿下主催の晩餐会が催されることになったらしく、その席にお姉様が向かうという。

なんとエイムズ卿は、昨日の今日で殿下に開催を承諾させたようだ。見合いという目的を伏せて開催に漕ぎつけたにしても、こんなに早急に席を設けたのは卿の手腕によるところ。卿に舌を巻くと同時に、私は夕食の場でお姉様と顔を合わせなくて済むことに、内心でホッとしていた。

お姉様の頑なな態度も私を心配してくれているからこそ。だから、私の気持ちをちゃんと伝えていけばいつかは分かってくれるとは思うのだ。それでも、厳しく当たられた昨夜を思い出せば、対峙するのがまだ怖くもあり。夕食の席のお姉様の不在は、正直ありがたかった。

そんなことを悶々と考える私の様子を、ラーラが腕の中から物言いたげに見つめていた。

【第七章】しばしの別れと侯爵令嬢の決意

翌日。晩餐会で深夜近い時間に帰宅したお姉様とは、朝食の席でも顔を合わせることなく屋敷を出た。

少し肌寒かったのでケープのフードをかぶり、歩き慣れた道を行く。

道々で時々視線を感じたような気もしたが、すっぽりフードをかぶっていたのもあり、さほど意識することはなかった。

明らかな異変は、花畑の手入れを終えてミリアと花売りに出かけた先で起こった。

なんと、いつも通り売り物の花を抱えてメーン通りに差しかかったところで、食堂の裏から飛び出してきたコック服の男性に突然生ごみを投げつけられたのだ。

「きゃぁ！」

「うわっ⁉」

咄嗟によけてなんとか頭からかぶる事態は避けられたが、ミリアは手にした薔薇を落としてしまい、地面の上で生ごみにまみれて無残な状態になっている。

男性は生ごみが入っていたであろうバケツを放ると、手近に立てかけてあった掃除用具の中からほうきを選んで掴み上げ、私たちを威嚇するように振り上げる。

「お前たちが〝病のもと〟をまき散らしているんだろう⁉ 街に出てくるんじゃねえ！」

次いでもたらされた偏見に満ちた罵りに絶句する。

過去には不衛生な環境が原因となって発生した病もあった。しかし、今回の病はそういった類いのものではない。特にファルザード様から『正しい情報と対策』を聞かされていた私には、到底信じがたい言いがかりだ。

なにより、孤児院の生活は裕福ではないけれど、衛生環境の維持にはしっかり配慮されている。ミリアの衣服にしても、少しばかり丈が合っていなくともしっかり洗濯されているし、頭髪や肌も清潔に保たれているのだ。

「なんだと⁉」

怒って怒鳴り返そうとするミリアの袖を慌てて引いた。

ほうきを手に直接脅かしてくるのは目の前の男性だけだが、悪いことに周囲からこちらに攻撃的な視線を向けてくるのは、ひとりやふたりではない。なぜ、一日二日でこうも街の人たちの反応が変わってしまったのかは分からない。

いずれにせよ、ここで過剰に事を荒立てるのはうまくない。

「ハッ！　病のもとの花なんか、二度と売りに来るんじゃねえぞ！」

悔しかった。ギリリと奥歯を噛みしめて、反論しそうになるのをすんでのところでこらえた。

「っ、行きましょう」

この段階で、かなりの人目を引いてしまっていた。しかも人々はコック服の男性に同調し、ハンカチや手で口を押さえて遠巻きにこちらを眺めている。

「……なにも知らないくせに、勝手なことを言うなよ‼　汚いものや嫌なものが全部あたしたち孤児のせいだと思ったら大間違いだ！」

ミリアを促すが、彼女は衝動を抑えることができなかったようで、私の制止を振り切って叫びをあげた。

「なっ、小汚い小娘が知ったような口を利くな！」

ミリアの憤りはよく分かる。けれど、これ以上はまずい。

「すみません！　すぐに立ち去りますので！　さぁ、行きましょう、ミリア」

口早に謝罪を告げ、ミリアの手を引いて駆けだそうとした。しかし男性は激昂し、ほうきを振りかぶった。

「ダメよ、ミリア！」

「ふざけるなぁあ！」

っ！　ぶたれる！

咄嗟にミリアの上に覆いかぶさる。

「やめろっ！」

《ダメーッ！》

耳に馴染んだふたつの声が制止を叫ぶのを聞いた。その直後――。

「うおっ⁉　イッ、イテテテッ！」

男性の悲鳴と、落ちたほうきが地面にぶつかるバサッという音があがる。

ミリアの上からおそるおそる首を巡らせたら、銀糸の刺繍と精緻な飾り紐がついた詰め襟に身を包んだファルザード様が、後ろから男性の腕を捻り上げていた。

「ファルザード様⁉」

どうして彼がここに⁉　それに、その格好は……？

今日の彼は頭髪も後ろに毛流れを作ってピシッと整えており、ラフな装いの普段とは違い、硬質な空気をまとっている。その圧倒的なオーラに気圧されたのは、私だけではないだろう。

助けられた安堵、意図せず会えた喜びに戸惑い。いろんな思いが目まぐるしく巡る。

動揺しきりのままふいに視線を下げたら、ラーラが男性の脛のあたりに右前足を押しつけたネコパンチの体勢をキープしているのが見えた。なぜかザイオンが恐ろしいものでも見るようにそれを眺めていた。

……あぁ、ラーラまで小さな体を張り、鋭い爪すら持たないやわらかな手で精いっぱい私を守ろうとしてくれたのか。ダメージを与えるにはほど遠い、ただただ可愛らしいだけの攻撃。けれど、勇気を持ってそれを実行してくれたその心に、こんな状況にもかかわらずホロリと涙がこぼれそうになった。

「お前の行動は正義感を振りかざしたただの暴力だ。暴行罪でしょっ引かれたいか？」

ファルザード様がコック服の男性に向かって低くすごみを利かせる。

「謝る！　謝るから、だから頼むっ！　放してくれぇっ！」

男性の悲痛な声を聞いたファルザード様が、掴んでいた腕を解放する。ラーラも押し当てていた前足をヒョイと引っ込めた。

「ティーナ、怪我はないか⁉　ミリアも無事か？」

ファルザード様に支えられて体勢を起こしながら、心配そうにこちらを覗き込むアメジストの瞳にしっかりと頷く。

「はい、大丈夫です」

「あたしも平気！」

「そうか」

ファルザード様は安堵した様子で、ホッとひと息ついた。

「……ぅうっ」

すぐ横で呻き声があがり、反射的に目を向けると、拘束を解かれた男性が地面に蹲っていた。なぜかファルザード様に捻られていた腕ではなく、脛をさすっていた。

男性が、しきりに脛を気にしながら不貞腐れ気味にこぼす。

「だがよ、そうは言ったって、こっちだって生活がかかってんだ。こいつらがうろちょろしてるのが病が蔓延した原因だって聞かされちゃ、黙ってらんなくて……」

「なるほど。つまらん噂話に踊らされ、女性を脅すのがお前の流儀か。見下げたな」

「っ！」

男性は返す言葉がないようで、唇を引き結んで気まずそうにうつむいた。

「だが、発症の経緯や原因、今後の方針をろくに説明せぬまま民の不信を募らせた政治の責任は大きい。その点は謝罪しよう。その上で、さらなる感染拡大の防止のためには国民の協力が不可欠だ。国のためでも王家のためでもなく、あなた方自身やその家族、日々の暮らしを守るために、これから国が示す政策に協力を願いたい」

ファルザード様がぐるりと周囲を見渡して告げた。その言葉に、いつの間にかかなりの人数に膨れ上がっていた人垣がざわついた。

「……あなた様は、いったい？」

ざわめく人々の中から、初老の婦人が意を決した様子で声をあげた。偶然にも、彼女は昨日の帰り道で遭遇した女性グループの中のひとりだった。

「私はファルザード・グレンバラ。此度の病に際し国が設立した対策本部のメンバーのひとりだ」

「グレンバラ公爵様⁉」

どよめきが空気を揺らし、ファルザード様を見つめる人々の目に熱が帯びる。

「まず、病に関し多くの誤った情報が錯綜（さくそう）してしまっている実情がある。孤児院が原因などというのは、まったくのでたらめだ。今後は分かっている限りの正確な情報を国民にも共有していく」

「あの！　公爵様が今後、感染対策における指揮を執られるのですか⁉」

先ほどの婦人が期待を込めて問いかける。周囲の人々も、息をのんでファルザード様の答えを待っている。

国民は未曾有の事態を乗り越える強いリーダーシップを持つ指揮官――ファルザー

ド様を待望しているのだ。

「総指揮はジェニス王太子殿下だ。私はこれからもっとも事態の深刻なアゼリアに現地入りし、そちらの対処にあたる。王都での指揮管理は残る対策本部のメンバーが担う」

「そんな……」

人々に落胆が広がる。

表だって口にする者はいないが、王太子殿下では力量不足というのがこの場に集う人々の総意なのだ。

「各社が発刊する今日の新聞に、我が国における病の実情と今後の対策について記事を掲載している。各々がそこから正しい知識を得て、適切な行動を心がければ必ず病は収束する」

我が国では夕刊が主流だ。これから夕方にかけて家々に届く新聞で、正確な情報が一気に国民に浸透するに違いない。

「では、孤児院が発生源だという話は嘘なのか……？」

震える声で問う男性に、ファルザード様はきっぱりと断言する。

「事実無根、根拠のない情報だ」

聞いた話によると、商船でブルマン港に入った、病の発症元となった商人らは、みんなカルマンさんの取引相手だった。最初に病が同時流行した地域をつなぐと、例の新種の麻薬草の流通ルートにぴったりと重なったという。芋づる式にではあったが、逮捕後も黙秘を貫き流通ルートについての仔細を秘匿し続けてきたカルマンさんに、言い逃れ出来ない証拠を突きつける結果になったそうだ。

私はこれを、昨日ファルザード様から『正しい情報と対策』について説明を受けた際、一緒に伝えられていた。

「っ、なんてことだ。すまなかった。ここのところ物流が滞ってて、食材の仕入れ値の交渉もうまくいかなくてイライラしてたんだ。そこに例の噂が聞こえてきて……最低なことをした。本当に、申し訳なかった」

男性は私とミリアに向き直り、そう言って頭を下げた。すると、すかさず初老の婦人も人の輪から飛び出してきて、男性と一緒になって謝罪を口にし始める。

「それなら、見て見ぬふりをしたあたしたちも同罪さ。噂を鵜呑(うの)みにして、鬱屈する不満の矛先をあんたたちに向けちまった。本当にすまなかったね」

「いいよ！　許す！」

私が口を開くよりも先、ミリアが笑顔で答えた。

「間違っちゃうことは誰だってあるしさ、こうして謝ってもらったんだからこの話はもう終わり！　それでもし次に街で会った時、うちの花を綺麗だなって思ってくれたら、買ってくれると嬉しいよ！」

……すごいわ！　ここで商売に結びつけるとは恐れ入った。

なんとなくミリアには園芸などの細々した作業より、将来的には人を相手にする仕事の方が向いているような気がした。

ともあれ、私にも許さない選択肢はない。

「私もたしかに謝罪を受け入れました。こんな状況ですが、美しい花は心を癒やします。一輪からでもお売りしていますので、気に入った花が目に留まった時はどうぞ気軽に足を運んでください」

ついでなので商売上手のミリアにちゃっかり便乗しておいた。

「もちろんさ、ダメにしちまった今日の花と合わせて買わせてもらいたい」

「あたしもだよ。綺麗な花だなって思ってたんだ、絶対買わせてもらうよ」

「いや。だから、今日のことはもういいんだってば……。でもま、買ってくれるっていうなら、明日は多めに持ってくるからさ。気に入ったのだけ、買ってって！」

その後は事態を遠巻きに見守っていた人たちまで会話の輪に加わってきて、街の人たちと打ち解けた関係を築くいい結果になった。

ミリアには申し訳なかったが、この日ばかりは孤児院には寄らず、東地区のメーン通りでそのまま別れさせてもらうことにした。どうしてもファルザード様を見送りたかったのだ。

私たちはミリアと別れた後、並び立ち彼がアゼリア行きの帯同者を待たせていると いう北地区に近い街道を目指した。

あえて会話の内容を聞こうとはしないが、私たちの半歩後ろに続くラーラとザイオンはいつもより言葉少なな様子だった。先だってのラーラの告白に対するザイオンの反応が尾を引いているのかもしれない。

「出発前の忙しい中、来てくださるとは思いませんでした。声を聞いて驚いたけれど、すごく嬉しかったです」

「君にまつわる不名誉な噂が街で急激に広まっているのを知り、居ても立ってもいられなかった。よかったというのもヘンな話だが、結果的に駆けつけて正解だった。君を助けられてホッとしている」

私にまつわる……? 不思議な言い回しに感じたが、病の発生源とされる孤児院に通っていることで、私個人にもよくない噂が波及したのだろう。

「ありがとうございます。でも、あんなに偉そうに『あなたの役に立ちたい』だなんて言っておいて、結局また私の方が助けられてしまいましたね」

「何度だって助けるさ。そして君を助けるのはいつだって俺でありたい」

彼が私に向ける眼差しと言葉の温度に、トクンと脈が跳ねる。駆け足の鼓動は、しばらく静まりそうになかった。

「もちろん、君に強力な守りがついているのは分かっているがな」

ファルザード様がラーラの方をチラッと見ながら言った。

「え？　それってラーラのことですか」

「ああ。実際問題、彼女以上の守りはない」

ファルザード様は腕組みしながら頷く。その様子はどこか自信ありげで、ひとり納得しているふうでもあった。

足もとで今もまだ少しぎこちない空気を漂わせている二匹を見て首を捻る。

たしかに、今日も私を守ろうと小さな体を張ってくれたけれど、繰り出したのはしょせん子ネコの肉球パンチだ。若干疑問に思ったが、強力というのは彼なりの言葉の綾なのだろうと納得した。

「ただ今日の一件で、グレンバラ公爵が孤児院の後見になっていると思い込んだ方も多かったはずです。そういった意味では、私ばかりでなく孤児院にとっても最強の守護者を得た格好ですが、よかったんですか？　公爵の名前をああも大々的に公表してしまって」

「かまわん。もともと今回はグレンバラ公爵として正式に現地に出向き、対策の指揮を執る予定だった。その道中、王都で名を明かすことになったからといって、とがめられるいわれはない」

「公爵としての今日のお姿、とてもお似合いです。ひと目見て、素敵すぎて思わず息が止まってしまいました」

「なんと！　君が気に入ってくれたのなら、肩が凝る盛装も悪くないな」

白い歯をこぼして笑う彼の笑顔のまぶしさに目を細めた。

もっとほかに話したいことや伝えたいことがあったような気もするが、こんなふうにとりとめのない話をしているうちに、彼の帯同者が待つ馬車の前までたどり着いてしまった。

「ファルザード様、お気をつけて」

「いってくる。君も達者で」

互いに見つめ合い、頷き合った。そうしてファルザード様はマントを翻し、颯爽と馬車に乗り込んでいく。

馬車が進み始め、車体が完全に見えなくなっても、私はしばらくその場に立ち尽くし凛々しい彼の残像を思い返していた。

……ファルザード様、どうかご無事で。

足もとに寄り添うラーラも口ではなんと言っていようと、大切な相手の無事を願う心はきっと私と同じ。彼女も祈るような目で、ジッと彼らの後ろ姿を見送っていた。

それから、どのくらい経っただろう。

ふいに空を仰ぎ見たら、太陽がその位置を少し低くしているのに気がついた。

「そろそろ帰りましょうか」

《うん》

ラーラに声をかけ、中央地区へと続く道を歩きだす。中央地区に入り、普段孤児院と屋敷の行き来で使っている道に合流してしばらく進んだところで、向かいから馬車が走ってくるのが見えた。

街でよく見る標準的な箱馬車で、なんの気なく少し端に寄り道を開けた。ところが、すんなり通り過ぎていくものと疑っていなかったその馬車が、私たちのすぐ横で停車した。

――ガタ、ガタ、ガタタンッ。

なに？　戸惑いを覚えた直後。

「きゃぁ!?」

扉が開き、中から伸びてきた太い手に強引に腕を掴まれて、抵抗する間もなく車内に引き入れられてしまう。

いったいなにが起こっているの!?　なぜこんな事態になっているのかまったく理解が追いつかないが、これが好ましい状況のわけもなく。

掴まれたままの腕を引かれ、乱暴に座席に押しやられた。向かいの席に人影があるようだが、逆光になっていることと目まぐるしい状況に頭が混乱しているのもあって、確認には至らない。

その時――。

《ティーナ！》

扉が閉まりきる直前の車内に、ラーラが飛び込んでこようとする。

「ネコっ!?」

私を車内に引き入れた男が即座に反応し、ラーラを足蹴にした。

《きゃんっ！》

ラーラっ‼

ラーラの悲痛な叫びが聞こえ、直後に馬車の扉がバタンと音を立てて閉まる。

「ふむ。一瞬精霊かと思ったが、てんで弱い上に聖なる光も見えん。ただのネコか……もっとも、今となってはどうでもいいが」

ラーラのことが気になって窓の方に身を捩(よじ)っていたら、向かいの座席の人物がつぶやいた。

この声！　ガバッと顔を向け、目を細めれば――。

「やぁ、ティーナ。久しいな」

「っ⁉　……ジェニス殿下！」

なんと、向かいの座席に座っているのは殿下だった。どうして⁉

「馬車を出せ」

殿下の声を合図に馬車が走りだし、手の拘束が解かれる。ただし私の隣には、扉を塞ぐように私を車内に引き入れた屈強な体格の男が座っている。馬車の速度も徐々に上がってきて、ここから逃げ出す選択はできそうになかった。

やむなくバクバクと打ちつける胸を押さえて、殿下に向き直る。

「いや、久しいというのは正しくないな。私は昨日も君に会いに行っているのだから。もっとも、君はおぞましい魔物と親密に過ごすのに忙しそうで、私の来訪に気づこうともしなかったけれど。……本当に、よくもこの私をコケにしてくれたよ」

「魔物？　あの。いったい、なんのことを？」

まったく訳が分からない。そもそも、どうして殿下がこんな人さらいのような真似を……？

私はますます困惑した。

「晩餐の席でマリエンヌから君の情夫の存在を囁かれても、すぐには信じられなかった。それがまさか……。君には心底ガッカリしている。あんなに気にかけてやったというのに、最後の最後でこんな最低な裏切りをされようとはっ」

殿下が侮蔑のこもった眼差しを向ける。

「待ってください。いったいなんの話を？　私は殿下を裏切ってなんて」

「黙れ、売女！　今さら純情ぶったところで、私はすべて知っているぞ。なにが聖なる乙女だ。あぁ、忌々しいっ！　マリエンヌから聞かされた後、半信半疑のまま人をやりお前の情夫だという男のことを探らせたら、酒場や賭博場などいかがわしげな場所に入り浸る男だと分かった」

殿下はその目を怒りで燃やし、ガシガシと頭をかきむしると、歪みきった顔で私を見据えてさらに続ける。

「私という者がありながら何事だと思いつつ、温情から、忠告して目を覚まさせてやろうと思った。それなのに昨日私が向かった先で、まさかお前は事もあろうに魔物とっ！」

「あの、殿下……」

殿下が話しているのは、異国の言葉なのではないか。そう疑うくらいに、内容が頭に入らない。さっきお姉様の名前が出てきたような気もしたが、なにがなんだか……。

「十三年ぶりに見たあの紫の目……あぁ、思い出すだけで虫唾が走る！　救国の聖女だろうが、私は魔物のおさがりの女なんて御免だ。そして私を裏切った報い、しっかり受けてもらう！」

十三年ぶり？　紫の目？　なにを言ってるの——？

「あぅっ！」

向かいから伸びてきた手に、乱暴に顎を掴み上げられて呻きをあげた。

殿下は痛みに顔を引きつらせる私を覗き込んで、口もとに残忍な笑みをのせる。

「だが、安心していい。私は魔物とは違う。野蛮な真似は嫌いさ。人ならざる惨殺なんて所業はもってのほかだ。そこで、実にふさわしい処遇を思いついた。お前に〝死の館〟で病人の看護を命じる。奉仕精神にあふれたお前にはお誂え向きだろう？孤児院から診療所に場所を変え、せいぜい看護に励むんだな！」

私は〝死の館〟という場所を知らなかったが、続く診療所という単語から助かる見込みのない重病患者を収容した施設だと想像できた。

「あっ！」

一方的にまくし立てると、殿下は私を隣の男の方にドンッと押しやる。

「カロン、後のことは任せる。手筈通り〝死の館〟にこの女を押し込んでこい！」

「ハッ」

私は再び隣の男――カロンに肩を押さえられ身動きを封じられた。その隙に殿下が座席から腰を浮かせる。

もともとそういう段取りになっていたのだろう。特に命じずとも馬車が停車し、殿下は先に停まっていた馬車に乗り移った。

殿下がいなくなると、また馬車が走りだす。殿下の乗った馬車は、私たちとは反対方向に進んでいった。

当たり前といえば当たり前だが、殿下が〝死の館〟などという感染リスクが高い場所に自ら行くはずもない。配下に危険な役を任せて、自分は王城に戻ったのだろう。

……なんて自分勝手な。こういう行いが、国民の心を王家から遠ざけてしまっているというのに。

殿下が紋章入りの馬車に乗らなくなったのは、きっと世間からの風当たりが強くなり、勝手が悪くなってきたから。それを肌で感じているのなら、なぜ自身の行動を改めようとしないのか。

一方でファルザード様は、王家に蔑ろにされてもなお、国民のために奔走している。これでは「ファルザード王」待望論が高まるのも道理だろう。

……そうか、今分かった。さっき殿下が言っていた『魔物』……あれは、ファルザード様のことだと。

カロンは馬車の速度が上がってきたら、もう逃げられないと判断したのか、押さえていた私の肩から手を離した。ただし、その視線だけは私から外さない。ジッとこちらを見つめ、私の一挙手一投足を漏らさぬよう監視していた。

ここでふと、馬車が街路を北に進んでいることに気づく。

「あの。〝死の館〟というのは、どこにあるんですか？」

「王国の北、アゼリアとリスモンの町境にある」

居ても立ってもいられずに尋ねれば、カロンは胡乱げにこちらを見つつ答えてくれた。

「アゼリアの⁉　なんてこと！」

こんな状況にあって、不謹慎だが胸が鳴った。

「なんだ？　今になって自分が向かう先の恐ろしさに驚いたか？」

小馬鹿にしたように見下ろすカロンに、私は小さく首を傾げた。

恐ろしくはない。感染を防ぐための対策は、ほかならぬ彼自身から教わっている。むしろ、大義名分を得てファルザード様の近くで、病に苦しむ患者たちのために働くことができる。そのことに、隠しようのない高揚と喜びを覚えた。

私にどれだけのことができるか分からない。けれど、孤児院に通いだして早二カ月。園芸以外にも、子供たちとの交流を重ねてきた。その中で、頻度は多くないが食事や排泄の介助にも携わった。

その経験を診療所で活かすのだ——！

「いえ。私、精いっぱいお世話します！　少しでも患者さんたちに快適に過ごしてもらえるように、できる限り尽くします！」

カロンはギョッと目を見開いて、そのまましばらく固まっていたが、やがてフッと口角を緩ませた。

「ヘンな女」

ボソッとこぼし、ドサッと座席の背もたれに寄りかかる。そのまま足を組むと、寛いだ様子で目を閉じた。

……あら？　ここまで一瞬だって目を離すまいという意気で監視していたのに。

そこから〝死の館〟到着までの二日間、カロンは道程に無理がないか、食事や身の回りのものに不足はないか、予想以上に細やかに私の世話を焼いた。それこそ、こちらが恐縮してしまうほどに。

さらに驚くことに、ラーラがこっそり馬車の車軸の上に隠れて後をついてきているのが発覚した時。私の飼いネコと知ったカロンは、ラーラの同行を黙認し、そっと車内に入れてくれたのだ。これには、どんなに感謝したか分からない。

こうして予想外に快適な馬車旅を経て、私たちは王国北のふたつの町の境に打ち捨てられたように建つ〝死の館〟にたどり着いたのだった。

【第八章】再会と通じ合うふたりの心

俺がその報告を受けたのは、対策責任者としてこの地に赴いてから一週間が経った頃だった。

町の集会場の一室に設けた臨時の対策本部。書類束がうずたかく積み上がるデスクで、各所に宛てた指示書を認めながら耳を傾けていた俺は、筆を持つ手を止め顔を上げた。

俺の足もとで丸まっていたザイオンも、ピクンと耳を揺らしていた。

「なに？　〝死の館〟に聖女がいるだと？」

補佐官のゾーイが口にした『聖女』という単語に、王都に残してきた彼女のことが思い浮かぶ。俺の聖女――ティーナは元気で過ごしているだろうか。

「そうなんですよ！　その聖女様ですが、それはもう天から舞い下りた天女のごとく麗しく、病状や身分、見目などにかかわらず、すべてにおいて分け隔てなく優しい看護を提供しているそうで。汚れ仕事や力仕事も率先してこなして、嫌な顔ひとつしないって話です。そうしたら、いい影響はほかの介助者にも波及して、〝死の館〟全体の看護の質がめちゃめちゃ上がったらしいですよ。おかげで死を待つばかりの患者たちがみるみる回復してるって、専らの評判です」

人材不足のため、補佐官として急遽現地で採用した青年は、夢見がちに聖女について語る。

多分に誇張やゾーイ自身の妄想が含まれていそうな報告ではあるが、件の女性の活動それ自体は称賛に値する内容だ。

「ほう、素晴らしい人材を採用できたな」

「いえ、それが町が雇用した人じゃないんですよ。話によると、無給で従事しているんだとか。しかもその聖女様、町にやって来てから丸一週間、ずっと〝死の館〟に詰めっ放しで働いているらしくって。いやぁ、ここまでくるとその聖女様の正体、本当に天から舞い降りた女神様なんじゃないでしょうか。あぁ、でも熱心なのはいいですけど、倒れちゃわないか心配ですよね」

もともとアゼリアの町長について補助業務をしていたというゾーイを無能とは思わないが、おしゃべりなところと上長への報告に主観が交ざりすぎるのが難点だった。

もっとも、地方の町にあってはこのくらい砕けた関係が普通なのかもしれないが。

「一週間前に来た？　なんだ、その女性は町の住人ではないのか？」

「違うようです。なんでも王都からやって来たとか。王都の貴族のお嬢様かぁ、きっと気品あふれる女性なんでしょうね」

「貴族だと？　しかもお嬢様と言ったな、若いのか？」

「物資を届けに行った男が尋ねたら、本人が『もうじき十七歳になる』と答えたようです。爵位までは分かりませんが」

おかしな話だ。

貴族位でもある程度年齢のいった寡婦ならば、奉仕精神から従事することもあり得るだろう。しかし、嫁入り前の年若い令嬢が生家から離れ、ひとり勤労奉仕などあり得ない。

「……診療所の視察は、明日の予定だったな」

本当なら赴任してもっと早い時期に出向き、直接現状を見ておきたかった。しかし、混迷する状況がそれを許さず、なんとか明日の診療所視察を予定にねじ込んだのが昨晩のことだ。

「ええ。明日の午前一番に……って、あー！　さては閣下もその聖女様に興味津々なんですね⁉　分かります！　分かりますよ、その気持ち。それであの、その視察って僕も連れてってくださるんですよね⁉　いえ、ぜひ同行させてください！」

かしましいゾーイを無視し、朝から温め続けていた椅子から立った。

「……行ってくる」

なぜか無性に気になった。こうなればもう、多少の無理を押してでも行かないと気持ちが収まらない。

「は？」

「今から診療所に向かう」

「え、え？　えええええっ⁉　あの、でも重症患者の移送用に貸し出してしまったので、今は馬車が出払っているかとっ」

素っ頓狂な叫びをあげつつ、厩の状況をすかさず知らせてくるあたり有能といえるのか。

「単騎で十分だ」

馬車は不要だが、田舎の土地は広く、馬がないと移動は厳しい。そのため俺は、なにかあった時の自身の足として、王都から馬車を引かせてきたうちの一頭を貸し出さずに残していた。

俺が感染対策のため口に布製の覆いを着けマントを手に部屋を出ようとすると、なぜかゾーイも慌てて覆いを着け始める。

「男と相乗りする趣味はないぞ」

「なっ⁉ それって僕、留守番ってことですか⁉」

先手を打って告げれば、ゾーイはガックリと肩を落とした。ザイオンが俺の後ろに続きながら、呆れたような目を向けていた。

「留守番も立派な仕事だ。指示書の残りは帰ってから仕上げる。なにか至急の案件があれば、烽火を上げろ。ではな」

なぜ、俺が相乗りしてまで連れていくと思うのか。先ほど有能と思いかけた評価を、速やかに撤回した。


二時間ほど馬を走らせ、俺がアゼリアとリスモンの町境に建つ診療所に着いたのは夕方近い時間だった。

たてがみに掴まりながら俺の前に乗っていたザイオンが、ピョンと地面に着地する。

俺も続いて馬を降り、手近な樹木につないでから、診療所の正面玄関に向かう。

その際、建物の横手に設えられた洗濯場で、洗われた大量のシーツと病衣、肌着などが物干し竿で揺れているのが見えた。

俺の赴任前にはすでに、ここは建物に入りきらない患者であふれ、満足な看病はおろか、まともに衣食を提供することすら困難な状況だった。報告でここの窮状を知っていた俺は、赴任前から臨時診療所の増設に動き、移動可能な患者をそちらに転所させる対策を取った。

新規患者の対応も新設した診療所で担うようにし、ここの機能回復を図った。結果的に、ここは現在重症患者専用の診療所という位置づけで機能していた。加えて赴任後に、物資の追加手配と介助職員の増員を行ったのだが、正しく物資が支給され、それを洗う人手も確保されている様子にホッとする。

さらに近づくと、開け放たれた窓から患者の苦しげな咳が聞こえてくる。だが、その直後には症状を気遣い、飲み物を勧める女性の声が耳に入った。

……少し年配のようだから、聖女とは別の女性だろうか？

いずれにせよ要の介助職員の増員は、なり手不足で難航したとゾーイから聞いていたが、いい人材に恵まれたらしい。診療所が円滑に機能しているようで、まずはひと安心だ。

《ん？　なにやらうまそうだな》

ザイオンがそう言って、クンッと鼻をひくつかせる。

すると、なるほど。別の窓から調理中の夕食と思しき料理の匂いが漂ってきて、ろくに食事を取っていない胃の腑を疼かせた。

「それと知らなければ、ここが〝死の館〟と恐れられている建物とは思えんな」

そのくらいここは清潔で、家庭的な温かい空気が流れている。

玄関を目前にして、ザイオンが体をビクつかせ目を丸くした。

「どうかしたか？」

問いかけるが、なぜか口をパクパクさせるばかりで答えない。

なんだ？ さては、さっきの匂いでよほど空腹を刺激されたと見える。さして気にせず、そのまま足を進めた。

感染対策というよりは、診療所という場所柄だろう。たどり着いた正面玄関の扉は開放されていたが、入ってすぐの受付に人の姿はなかった。

「ごめんください。少し話を伺いたく、入らせてもらってもいいだろうか？」

中に向けて声を張れば、それを聞きつけて奥から人がパタパタと小走りでやって来る。

「はーい！ 今行きますのでお待ちください」

なっ⁉ その声を耳にした瞬間、全身の体温が上がり、意識のすべてが声のした方向に集中する。

「すみません、お待たせして。ここは今、新規の患者さんの受け入れを中止しているので、職員もみんな奥で——」

目と目が合うと、俺の聖女は瞳がこぼれ落ちそうなくらい目を見開き、次いでふわりと微笑む。

彼女は口もとを布で覆い、くくった髪も看護帽に隠しての看護服姿だった。足もとには彼女の精霊がピタリと寄り添い、《やっと来たか》とでも言いたげに、俺と俺の脇にいるザイオンを眺めていた。

飾り気のない簡素な姿をしていても、彼女は豪華に装ったどんな女性たちより清らかで美しかった。

まばゆい彼女に目を細め、掠れがすれに問う。

「……ティーナ。なぜ、君がここに？」

ティーナは少し困ったように小首を傾げ、言葉を選ぶように答える。

「実は、私自身あまりよく分かっていないんです。きっと、いろいろな行き違いや……もしかすると、天のお導きもあったのかもしれません」

曖昧な物言いだが、それだけで彼女がここにいるわけが想像できた。

なにがしかの悪意……おそらくマリエンヌやジェニスのどちらか、あるいは結託したふたりによって、彼女はここに押しやられたのだ。

実は、俺の出発直前に広まったのは「孤児院が病の発生源」という噂だけではない。本人には伝えていないが、もうひとつ「そこに通いつめる令嬢が平民街で男あさりをし、あげくに病をもらった」という荒唐無稽な噂まであったのだ。ヘサームに託してはきたが、ずっと彼女のことが心配で仕方なかった。

それがまさか、こんなことになっていようとは。そばにいて助けてやれなかったことが悔やまれた。

「なんてことだ。君の意に反して連れてこられたのなら、その相手が誰であろうとこれはれっきとした犯罪だ」

低く呻くように漏らす俺に、彼女は緩く首を横に振る。

「私にとって、ここに来た経緯というのはあまり重要ではありません。患者さんたちのために毎日全力で奮闘する忙しくも充実したここでの生活に、私は満足しています」

ここでティーナは一度言葉を区切り、玄関の外に目を向けた。

「あの、ファルザード様。よかったら少し表を歩きませんか。今の時間は少し人員に余裕があって、ちょうどひと息つこうかと思っていたところなんです」

「いいな、そうしよう」

ティーナの提案を受け、玄関を出る。

「少し洗濯場に寄らせてください」

「ああ」

彼女は玄関を出る際に看護服を脱ぎ、それを途中の洗濯場に置かれていた盥の中に入れる。そうして井戸の水でよく手を洗った後、なんと手早くラーラまで丸洗いしていた。

《いやぁあ！　あたしはいいって言ってるのに〜っ！》

「ダーメ。あなたが感染しちゃうのも嫌だし、あなたを介して人にうつっちゃうのも怖いから。ほら、もう終わるわ」

衝撃的な光景を目にした俺は、ギョッとしてザイオンに問う。

「おいザイオン。ラーラまで洗い流しているが、そもそも光の精霊に〝病のもと〟は付着するのか？」

しかし、ザイオンは俺の声など耳に入っていない様子で、尻尾をビリビリと逆立てている。

《ひぃいっ、我のラーラ、我のラーラになんたる所業を……っ！》

……我のラーラ、か。

思わず、フッと口もとが綻んだ。

そうこうしているうちに、ティーナが洗濯場の前で待つ俺のもとに戻ってくる。ラーラも若干ふて腐れた様子でついてきた。

おそらく精霊のなせる業だろう。プルプルと首を振って水気を飛ばしただけで、ラーラはすっかりもとのボリュームを取り戻していた。普通のネコにはあり得ぬ速乾性である。

「すみません、お待たせしました」

「その、ずいぶんと入念にしているんだな」

「はい！　こういった積み重ねがなにより大事ですから」

ブスッとしたラーラをなんとも言えない思いで見下ろしつつ、ティーナの心意気自体は正しいものなので首肯して賛同する。

「まぁ、そうだな」

ザイオンが近づき、しょぼくれたラーラの頭を不器用に撫でる。ラーラはチラリとザイオンを見上げ、甘えるように頭をすり寄せていた。

診療所を背に歩きだしてしばらくしたところで、ティーナがポツリとこぼす。

「ファルザード様って、すごいです」

「すごい？」

「はい。私がここに来てからの一週間。私含め、介助者から感染者はひとりも出ていないんです」

「ああ、それは聞いているが」

それと、俺がすごいという先の発言がどうつながるというのか。彼女の真意が読めない。

俺は静かに続く彼女の言葉に耳を傾けた。

「これはファルザード様が、正確な情報と共に適正な感染対策を示してくださったからこそです。それに応援の人員も補充されて、物資もどんどん届くようになって。今では完璧とはいかずとも、患者さんが回復に専念できる環境を整えてあげられるようになりました。そうしたら、患者さんがどんどん回復傾向に転じて。私、嬉しくって。全部、ファルザード様の的確な采配のおかげです」

「馬鹿な、俺はしょせん手回しだけだ。患者に触れ、身の回りを整えて、心身を健やかに維持したのは君をはじめとする介助者たちだ。なにより君は、患者たちの病を回復させるだけじゃない。率先して声をかけ笑顔を向け、病によって生じる偏見や差別に苦しんでいた彼らの心を健康にした。ここでの君の功績は計り知れない」

「そんな。さすがに、持ち上げすぎです」

「いいや。誰にでもできることじゃない。君だから、なしえた。すごいのは俺じゃない、君だ」

彼女の瞳がジュンッと涙の膜で潤む。

「……さっき、ここに来た経緯はあまり重要でないと、そう言いました。だけど、経緯は重要でなくても、ここに来ることは私にとって途方もない意味がありました」

「途方もない意味？」

ここで飛び出すには不釣り合いにも思える単語に首を捻る。

「ここがあなたの赴任先の町境と知ったから。ここにいれば、いつかお会いできると思いました」

ティーナは俺を見上げ、照れくさそうに告げた。

「ティーナ……！」

その瞬間、圧倒的な愛おしさがあふれ迸る。こらえきれず、彼女に向かって両手を広げて踏み出して、しなやかな細い体を抱きしめた。

「っ！」

ティーナが俺の腕の中で息をのみ、一瞬体を固くする。けれどすぐに、おずおずと遠慮がちな腕が俺の背中に回る。

「ファルザード様。やっと、あなたにお会いできた……」

「ああ、俺も君に会いたかった。君のことを思わなかった日は一日だってなかった」

背中の手にキュッと力がこもり、彼女が俺の胸にそっと顔をうずめる。甘えるような仕草が愛おしく、放さぬよう、誰にも奪われぬよう、ギュッと懐に閉じ込める。

不思議なもので、会えなかった九日の間に彼女のことがさらにかけがえのない存在に感じられた。

「……ふふっ、あなたに会えるからここに来たかっただなんて。……ずいぶんと打算的ですよね」

「なにが打算的だ。君にそう思ってもらえて、俺は嬉しい。だが、だからといって君がここに至るまでに感じた恐怖や不安はけっして無視していいものではない。よく、頑張った」

いたわりを込めて細い背中をポンポンと撫でると、彼女が腕の中でピクンと体を跳ねさせた。そうして微かに震える声で、心の内を吐露する。

「ほんと言うと、初めて身ひとつでここに来た時は、足が震えました。だってここは、王都では目にしたこともない……それこそ、いつ命の灯(ともしび)が消えたっておかしくないような身体状態の患者さんがひしめいていて。正直、怖かったし、心細かった」

彼女の告白に胸が軋む。そんな恐怖の前面に、彼女をひとり立たせてしまったことに、胸が押し潰されそうな思いがした。

「実は、私をここに送ってきてくれた方が『望むなら見逃す』と、最後の最後で逃げ道をくれました。命令に背いてそんなことをすれば、彼自身どうなるかだって分からないのに」

命令……なるほど、彼女をここに閉じ込めるよう指示したのはジェニスということか。マリエンヌが裏から糸を引いていたのかまでは分からないが。

「怖かったのだろう？　それなのに、逃げようとは思わなかったのか？」

問いかけに、彼女は真っ直ぐに俺を見返して口を開く。その表情は、自信と誇りに満ちている。

九日前に王都で別れた時には見られなかった姿を目の当たりにして、彼女はこの短い期間でひとつ殻を打ち破ったのだと感じた。

「ええ。怖くても逃げ帰る選択肢はありませんでした。それは、その方を慮(おもんぱか)ってのことじゃなく、私自身が厳しい現実から目を逸らしたくなかったから。できるところまで駆け抜けて、それでもダメだったら、その時に逃げたらいいと覚悟が決まりました。それを決心させたのは、ファルザード様。あなたです」

彼女の言う『厳しい現実』というのは、おそらく病のことだけではない。暗にジェニスのこと、そしてなによりこれから彼女が対峙することになるだろうマリエンヌのことも、含まれているような気がした。

「ところで、なぜ俺なんだ？」

「初めてお会いしてからずっと、陰から国を支え、民のために奔走するあなたの背中を見てきましたから。少しでも追いつきたくて、その隣にふさわしくありたくて。そう思えば、自然と心が奮い立ちました」

「本当に、君の成長は目覚ましいな」

いとし子とは、救国の聖女の代名詞。

守るべきものと思っていたティーナも例外ではなく、見事に羽化し、俺の手などたやすく飛び越えてより高みへと羽ばたこうとしている。

〝俺の〟ではない、まさしくティーナは我がデリスデン王国の聖女。国の宝だ。

「……ファルザード様、私、ここまでの道中で、『ファルザード王』待望論が最高潮に達しているのを肌で感じました」

「声があることは承知している。だが、本当の俺はそんなふうに評価してもらえるような立派な人間じゃない。過去の廃太子の件で、世間は今なお俺に対して同情的だが、俺にとって廃太子は渡りに船でもあった。そして王家の冷遇も、俺は表舞台から逃げ回る体のいい言い訳にしていた。……俺は、身の内に恐ろしい力を秘めている。一国を背負う立場となり、万が一にもその力で一国を巻き込んだ悪行を起こしてしまうのが怖い」

真剣な眼差しで聞いていたティーナの眉が僅かに動いた。

「十三年前、あなたの心を傷つけるなにかがあったのですね？　そのせいで、表舞台に立つことに葛藤しておられる？」

「知っていたのか？　ああ、ラーラからなにか聞いたのか？」

ティーナが十三年前の出来事について知っているとは思わず、驚きが隠せない。そうして彼女もまた、俺の言葉にひどく動揺している様子だった。

「ラーラ……いえ、なにも聞いていません。……というか、私がラーラと意思疎通していることをご存じだったのですね？　いつからですか？」

「出会ってすぐに気づいた。だが、君から口にしてこなかったし、あえてそのままにしていた。もっとも、君がいとし子であることは最初から分かっていたことで、俺にとってたいした問題ではなかった」

「ファルザード様自身いとし子で、そのことでたくさん苦しんでこられたんですよね。だからこそ、最初から私にあんなにも好意的で、親切に接してくれた。ラーラと意思の疎通がかない、初めて自分がいとし子だと知って、いかに自分があなたに守られていたかが分かりました」

「ひとつ訂正したいんだが、同じいとし子だから先覚として見守ってやろうと思ったのはたしかに事実だ。だが、あんなにも頻回に通いつめ、同じ時間を過ごしたいと思ったのは、君だからだ」

ティーナがヒュッと息をのむ。感じ入ったように俺を見上げ、そしてなにか決意した様子で切り出す。

「ファルザード様、あの時の話の続き……王都に戻られた時に伝えるつもりだったのですが、その前にここで会ってしまいました。だから今、言わせてください。……私、あなたをお慕いしています」

突然の告白を耳にして、時間が止まったような錯覚を起こした。

「おそらくファルザード様はご存じだったと思うんですが、ジェニス殿下との婚姻話が私の知らないところで進んでいました。婚姻話を初めて聞かされた時、あなたの顔が浮かびました。同じ時間を過ごす中であなたの存在がどんどん膨らんで、いつの間にかけがえのない存在になっていた。あなた以外の相手は嫌だと、心が叫ぶんです。あなたのことが好きです」

胸の中にすっぽり抱きしめた彼女の瞳を間近に見つめて告げる。

「俺も同じだ。最初は使命感や責任感から世話を焼いていたはずが、健気で一生懸命な君から目が離せなくなっていた。そしていつしか唯一無二の大切な女性になっていたんだ。君を、愛してる」

潤んだ彼女の目から、透き通る雫がポタリとこぼれる。

「夢みたいです。私ではあなたにふさわしくないと、ずっとそう思っていたから。まさか、そんなふうに言ってもらえるなんて」

「馬鹿な。俺は君より十近くも年上で、しかも日陰の身。若く美しい君に、予防線を張っていたのは俺の方だ。だが、もう遠慮はしない。君をジェニスなんかに渡すものか」

俺は彼女の濡れた目もとをそっと指先で拭いながら、独占欲を滲ませた。

「あ、婚姻の件はもうなくなっているはずです。その話が勝手に拗れて、私は今ここにいるので」

「いずれにせよ、ジェニスには相応の責任を――」

「ファルザード様、こちらにおられますか⁉」

診療所の方向から、馬の足音と共に俺を呼ぶ側役の声が聞こえてくる。俺は腕の中からティーナを解放して、振り返った。

こちらに向かってくる馬は二頭。その馬上には側役と、ヘサームが諜者として重用している男の姿があった。

ヘサームがこの男を早馬で駆らせる事態……。ひどく嫌な予感がした。

「ここにいる！　なにがあった？」

ふたりは俺の前までやって来てヒラリと馬を下りる。簡易式の礼をとると、諜者の方がすぐに口を開いた。

「私から報告させていただきます。感染の急拡大に伴い、王都で体制批判の大規模デモが発生。それにジェニス殿下が王太子軍を率いての武力で対抗。王都では血で血を洗う事態になっております」

俺の横でティーナがヒュッと息をのむ。

「なんだと⁉　いくら病床にあるとはいえ、陛下とエイムズ卿はなぜそんな事態を静観している⁉」

「国民には伏せられておりますが、デモ発生の時点で陛下が危篤。エイムズ卿も陛下にかかりきりの状態の中、ジェニス殿下が単独で動かれました」

っ！　なんてことだ！

「デモ発生の直後より、エイムズ卿が兵を引かせるようジェニス殿下の説得にあたっています。また、ヘサーム様は王都に残る閣下の私兵を指揮し、双方の衝突を止めるべく動かれております。同時に、民衆からの支持が篤いシェルフォード侯爵を、仲裁役として民衆側に派遣。これにより、大規模衝突はいったんの均衡を保っています」

事態は最悪だが、その中でも最善の策が正しく取られている。ヘサームの辣腕だ。

「そうか、初動としては文句の付け所のない対応だ。後は、エイムズ卿の説得さえうまくいけば……」

ここで、これまで口をつぐんでいた側役が声を発した。

「ファルザード様、王都に戻られませんか？」

「なんだと？」

「民衆が求めているのは『ファルザード王』。そして、デモ参加者は『正当なる王位継承者、グレンバラ公爵を玉座に』をスローガンに叫んでいます。此度の武力制圧で、民の心は完全にジェニス殿下から離れました。正当な王位継承者として、王都に戻られませんか？」

「あり得ん。このまま鎮静しそうな状況に俺がしゃしゃり出ていけば、水を差す事態になりかねん」

側役の意見をすっぱりと切り捨てる。

「いずれにせよ、今後の対応を詰めなければ。場所を移そう」

「ハッ」

ここで口頭の指示だけ出し、諜者を急ぎヘサームのもとに戻したい思いはあるが、長距離駆け通しで来た馬を一度休ませるか、別の馬に替える必要もある。

「ティーナ、すまんが対策本部に戻らねばならん」

「もちろんです！　こちらのことは大丈夫ですから、どうぞ行かれてください」

「そうか」

俺はティーナとラーラをその場に残し、足早に馬をつないだ場所まで取って返すと、側役と諜者を伴って急ぎ、通常よりも短い時間で対策本部に戻った。

立ち去る時に、診療所の脇に人影が見えたような気がしたが、ささいなことだと見過ごした。今はほかに優先すべきことがある。

そうしてたどり着いた対策本部で、さらに王都の詳細な状況を聞き、今後の方針について討議を重ねた。

【第九章】正当なる王位継承者の帰還

討議は、夜更け近くまで及んだ。

……これで、ひと通り打てる手は打ったはず。

この上は、王都のエイムズ卿とヘサームに任せるほかない。

ここで決まった対策案は書面に認め、明日明け方に再び王都に向けて発つ諜者に託した。

諜者と側役のふたりを集会場の空き部屋に下がらせ、対策本部には俺とザイオンだけが残っていた。夜の静寂の中、書類束がうずたかく積み上がるデスクで灯火(とうか)を頼りに、各所に宛てた指示書の続きを仕上げていく。

――コンコン。

対策本部の扉がノックされた。俺の足もとで丸まっていたザイオンが大仰なほど体を揺らし、ガバッと扉を振り向いた。

こんな時間に珍しいな。

「どうした？　なにがあった？」

「あの！　閣下に来客が……っ」

扉越しに問えば、焦った様子でゾーイが答えた。その声は、彼の心の動揺を映してか裏返っている。

俺に来客？　……誰だ？

いずれにせよ、この男がわざわざ俺に報告を上げてくる時点で、面会の必要性があるということ。この男が有能かは悩ましいが、最低限の判断力は備えているのだ。

「そのまま通せ。お前はもう、下がっていい」

この男を来訪者との間に入れてやり取りを重ねる方がまどろっこしい。さっさと来訪者本人と面会した方が建設的だ。

「え、えええっ⁉　僕、同席させてもらえないんですかぁあっ⁉」

なぜかゾーイが悲愴感たっぷりに叫ぶ。疲労感を増幅させる男の反応をうっとうしく思いながら、特大のため息と共にはねつける。

「二度言わせるな。いいからさっさと来客を連れてこい」

「……はい。……聖女様。そういうことですので、おひとりで中にどうぞ」

なっ⁉　聖女だと⁉

――キィイイイ。

「失礼します」

遠慮がちに扉が開き、室内に身を滑らせたのは――。

「ティーナ……！」

夕方別れたばかりの彼女が、どうしてこんな時間にここにいるのか。俺の内心の動揺は激しかった。

《ファルザード、少し外すぞ。……ラーラ、来い。話がある》

《わわっ？》

ザイオンが俺に告げ、扉が閉まりきる前にラーラを引っ張って出ていった。

ティーナは驚いたように二匹が出ていった扉を見ていたが、すぐに俺に視線を戻した。

「夜分に急に訪ねてしまい、すみません」

「それはかまわんが……まずは、こっちにかけてくれ。いったいなにがあった？　そもそも、ここまでどうやって？」

デスクの横に置いていた椅子を引いて彼女を促しつつ、はやる心のままつい矢継ぎ早に質問してしまう。

「どうしてもお話ししたいことがあって。あなたに伝えたいと考えだしたら、もう居ても立ってもいられなくなってしまったんです。そうしたら、私を王都から診療所まで連れてきてくださった方……カロンさんが見かねて連れてきてくださいました」

彼女の口から飛び出したほかの男の名に、言いようのない不快感を覚えた。

「君に逃げ出す選択肢を示したというジェニスの配下か。その男は今もここに？」

「いえ。カロンさんは、私をここに送ってくださった足でそのまま王都に戻ると言って、すぐに行ってしまいました。もともと私を診療所に届けたらすぐに戻れという指示だったそうです。けれど、男手が不足する診療所の様子に業を煮やして、主に力仕事を引き受け今日まで働いてくださっていて」

「そうか……」

このタイミングで王都に発ったのは、俺たちの会話でデモの件を耳にしたからだろう。

カロンというその男は、いったいどういう気で主の命に背いてまでティーナに協力してきたのか。あるいは、身も心も美しい彼女に懸想していたのだろうか。考えるだけで悪心がした。

……いかん。今は、醜い嫉妬に身を焼いている時ではない。

「それで、俺に話というのは？」

彼女と向かい合わせになるようにデスクの椅子をずらし、対面で腰かけて切り出す。

「お話しする前に、まず謝罪を伝えさせてください」

「謝罪？」

「もしかすると今からする私の発言は、あなたの心の傷を蒸し返してしまうかもしれません。お伝えするべきか、ずいぶん悩みました。でも、あなたを傷つけるかもしれないと分かっていても、どうしてもお伝えしたい内容だったからここに来ました」

「謝罪は不要だ。聞かせてくれ。君がそうまでして伝えたいと思ったことを、俺はぜひ聞きたい」

ティーナは一拍の間を置いて、ゆっくりと口を開いた。

「ファルザード様は『身の内に恐ろしい力を秘めている』と、そして『その力で一国を巻き込んだ悪行を起こしてしまうのが怖い』ともおっしゃいましたね」

「ああ」

「恐ろしい力、その認識がそもそも間違っていると思います。私は十三年前、あなたになにがあったのか知りません。けれどザイオンの闇の精魔力によって、なんらかの不幸が起こったのだろうと想像はできます。それでも、ザイオンの力はけっして恐ろしいものなどではありません」

「……なるほど。だが、これは光の属性の君にはきっと分からない。精霊といとし子は一心同体。望む望まないにかかわらず、どうしても深層の部分で通じ合ってしまう。闇の精霊であるザイオンは、俺の陰の気に影響を受けるんだ。十三年前、ザイオンは俺の負の感情に同調し、結果、神精魔力で悲惨な事態を引き起こした」

ティーナは驚かなかった。ただ、静かに首を縦に振った。

「ですが、ここ十三年間でそのような事態は一度もないのですよね？」

「それは俺が完全に自分の魔力を封じているからだ。魔力をいっさい漏らさなければ、ザイオンに精魔力で増幅される心配はないからな」

「ファルザード様。私が『元気になあれ』と歌いながら水をやった花も、『どうか元気になって』と声をかけながら看病した重症の患者さんたちも、常識的にあり得ないくらい元気になりました」

彼女はなにが言いたいんだ？

「……私、魔力なんて使っていなかったのに。これの意味するところを自分なりに考えてみたんです。それで気づいたのが、魔力を発していなくとも、言葉には力が宿るということなんです」

魔力は関係なかったと言いたいのか？　予想だにしなかった見解にたじろぐ。

「ならば、十三年間過ちがなかったのは……？　叔父の悪意にさらされたり、厳しい戦場に出たり、幾度となく陰気な言葉を吐き捨ててきた。だが、惨事には至らずにここにいる」

「ザイオンとの絆が、そうさせたのではないでしょうか。ラーラが私の言葉に反応して光の精魔力を発動できているんです。発動させようと思えば、きっとザイオンも闇の精魔力を発動できたのかなって。でも、ザイオンはあなたとの信頼関係を築くために、言葉の真意を汲んで律したり、制することを選び、そうしなかった。あなたがいとし子としての運命と共にザイオンを受け入れたように、ザイオンもまた受け入れようと努力したのだと思います」

目から鱗が落ちる。ザイオンはいつだってドライで、俺に心の内を見せようとしない。そんな彼の心理を察することは難しかった。

「まさか、ザイオンが……」

そんなふうに考えたことは一度もなかった。

「私はもともと小さい子や動物の気持ちを察するのが得意だったんです。ザイオンを見ていると、なんとなくそうなんじゃないかなって。……あ、精霊を動物扱いなんてしたら、ザイオンに怒られちゃうかもしれませんが」

精霊の加護は一方的で、拒否権などない。だから、受け入れるのはいつだって与えられる立場の俺なのだと思っていた。だが、そうか。ザイオンもまた俺を受け入れようと、努力を重ねていたのだ。

「君の話はよく理解した」

首肯する俺に、ティーナはふわりと微笑む。

「で、ここからが本題なんです」

「なんと！　てっきり今のがそうなのだと、……違うのか？」

「なんだか思わせぶりですみません。実はですね、この一週間患者さんの看病をしながら、ふたつ気づいたことがあるんです。一個は、さっきお話しした私の声掛けで患者さんが元気になるというのなんですが。もう一個が、闇の精魔力で病の根治ができるんじゃないかという可能性です」

「詳しく聞かせてくれ！」

ここからティーナが語ったのは、信じがたい内容だった。

そもそも今回の病は〝病のもと〟が人間の中に入り込み、その機能を借りて自らを増殖し、人々を内側から弱らせてしまうことで起こる。そしてラーラの光の精魔力は、人々がもとから持っている生きようとする力を活性化させ、病のもとの撃退を助けている。ただし、病のもとを取り去っているわけではない。

一方で、闇の精霊であるザイオンは死を操る。ならば病のもとそれ自体を死滅させられるのではないか？

これが一週間の経験から導き出した彼女の見解だった。

「……理にかなっているな。見事な洞察力だ」

「やってみる価値は十分にあるのではないかと」

聞き終わっての俺の第一声に、彼女は引き締まった表情で頷く。

事の本質を見抜く彼女の慧眼に感服する。一見あどけなく儚げな少女は、その内に強くしなやかな心を持っているのだ。どうしようもなく惹きつけられる。

ティーナの魅力にからめとられた俺は、もう一生彼女から目を逸らすことができない。

椅子から立ち、まばゆいばかりの俺の聖女にひざまずく。

「ファルザード様⁉」

スカートの裾を戴き、宝物に触れるようにそっと唇を寄せる。

俺はこの後、命ある限り彼女を尊び敬って過ごしてゆくだろう。それこそが至高の喜び。

「ティーナ、愛している。どうか一生涯、俺の隣にいてほしい。俺には君が必要だ」

大きく瞠られた水晶みたいな瞳には、俺だけが映っている。たったそれだけのことが、苦しいくらいに嬉しい。

救国の聖女だろうが、国にはやらん。彼女は、俺のものだ。だが、彼女が暮らすこの国を健やかにしたいから、俺は精いっぱい力を尽くそう。

俺の胸に新たな誓いと決意が満ちる。

「俺は弱虫だからな、君がいてくれないと歩けない」

「え、ファルザード様が弱虫ですか⁉」

「ああ。だが、君がいてくれるなら、きっと俺は歩いてゆける」

ひと呼吸の間を置いて、目を真ん丸にする彼女に告げる。

「王とは孤高にして孤独だ。だが、そんな玉座も君と並んで座るなら悪くない。……ティーナ、俺は遠からず王位に就く。その時、どうか『ファルザード王』の隣に座ってほしい」

真っ直ぐに俺を見つめるティーナの目から、幾筋もの透明な雫が伝う。涙に濡れてなお、彼女は奇跡みたいに美しい。

果たして彼女からは、どんな答えが返るのか。

彼女のサクランボの色をした唇が、小刻みに震えながらゆっくりと開くのを、息をのんで見つめた。

◇◇◇

「どうか『ファルザード王』の隣に座ってほしい」

ファルザード様から告げられた瞬間、熱い歓喜が胸を焼いた。

目には涙があふれ、収まりきらないそれらが珠を結んで頬を伝っていった。

彼からの求婚に対する純粋な喜び。王位奪還を決意した彼への敬服。あらゆる感情が胸に交錯しての涙だった。

「……喜んで」

震える唇でなんとか発した声は、泣き濡れて掠れていた。けれど、耳にしたファルザード様は蕩けるように、それはそれは嬉しそうに微笑んだ。

「ティーナ……」

甘やかに名前を呼ばれ、大きな手がそっとおとがいに触れる。彼のアメジストの瞳が滲むくらいに近づいたと思ったら、形のいい唇がしっとりと私のそれに重なった。

初めての口付けは、温かでやわらかくて。そしてちょっぴり、涙で塩辛い味がした。

そこからは、まるで嵐のただ中にいるかのように目まぐるしかった。

「ザイオン、お前に頼みがある」

対策本部になっている部屋を出たファルザード様は、集会場の庭でラーラに寄り添うザイオンの姿を見つけると、開口一番にそう言って頭を下げた。

ザイオンはファルザード様を見上げ、銀の双眸をキラリと光らせる。

《我に頭を下げる必要などない。たったひと言それと命じてくれたなら、喜んで我がいとし子の願いを叶えようぞ》

我が子でも見つめるような慈愛を感じさせる表情でザイオンが答えた。

「ザイオン……」

《して、そなたはなにをなす気だ？　そして我はなにをすればよい？》

「死を操る闇の精霊たるお前の力で、国内に蔓延する〝病のもと〟を死滅させたい。これから俺が、王国中に魔力で風を巡らせる。その風に、お前の闇の精魔力を乗せてほしい」

ファルザード様の頼みがよほど予想外だったのか、ザイオンのヒゲがピクンと前を向く。

《ほぅ、そうきたか。……ラーラよ、これはそなたの入れ知恵か？》

《あたしはなんにも言ってないよ。そう考えること自体、ザイオンがファルしゃまとティーナを見くびってた証拠よね。ほーんと、無駄に年ばっかり重ねて、そんなことも分からないんだから。ダメなおじちゃん》

《なっ⁉ なぬぃいいい》

二匹の痴話喧嘩に少しの驚きと、喜びを感じた。

もともと相性のよさそうな二匹だったが、以前は年長のザイオンに、年若いラーラの腰が引けているようだった。それがいつの間にか、対等に……いや。むしろ、ラーラがザイオンを振り回すくらい、気安い関係が築けているようでホッとする。

それにザイオンが、呼び名を《チビ助》から《ラーラ》に変えているのも大きなポイントだ。

《と、とにかく承知した》

ザイオンはファルザード様に向き直り、早口に告げた。

「ありがとう、ザイオン。ならば善は急げだ。場所を小高い丘かどこかに移したら、さっそく頼む。さて、どこがいいか」

場所を移るのは、風を起こす際、万が一にも民家を巻き込まないようにという配慮から。

ファルザード様は、顎に手を当てて目ぼしい場所を思案しだす。

「……あの！　ここの裏の鐘楼ではダメですか？　丘ではないし、周りに民家や田畑も多いですが、高さがあるので周囲への影響はあまり考えなくていいのではないでしょうか？」

ふと思いついて提案する。

今はもう使われていない古い鐘楼は、高さ五〇メートルを超えている。上空に向かって風を吹かせるのなら、むしろもってこいなのではないか。

「なるほど！　あそこなら、それなりの広さもある。よし、そこにしよう！」

ファルザード様を先頭に、私とザイオン、ラーラも続く。そうしてたどり着いた鐘楼の中に入ると、中央に目の回るような螺旋階段があった。それをやっとの思いで上りきった先には、満天の星々と月明りに照らされたアゼリアの町が広がっていた。

ただし今は、その景色に感動している場合ではない。ファルザード様がさっそくぐるりと囲まれた鋸壁の縁に立ち、上空に向けて両手を差し伸ばす。神秘的な紫色の瞳が、月明りを受けてきらめいた。

ザイオンは怯む素振りも見せず、鋸壁の凸部にトンッと乗り上がり、ファルザード様の挙動を見つめる。私も息をのんで見入った。

ファルザード様が意識を集中させるように目を瞑る。そうしてカッと見開いた、次の瞬間——。

彼の黒髪がふわりと空気を孕んで舞い、その指先から空気の渦が巻き起こる。渦は陽炎のように揺らめきながらどんどん大きくなって、町全体を覆うほどに広がる。やがて螺旋を描いていた空気の流れは心地よい風に変わり、王国全土へと吹き抜けていく。

「……すごいわ!」

なんて魔力なの!

十三年間、ファルザード様がずっと封じていた魔力のあまりの威力に驚く。彼が身の内に、こんなに大きな魔力を秘めていただなんて……!

魔力を操るファルザード様の様子をジッと眺めていたザイオンの銀の両目が、キラキラと光りだす。漆黒の全身がもともとの銀色とファルザード様の瞳と同じ紫色、二色の光の粒子をまとってまばゆく発光していた。

直後に、ザイオンのまとう光の粒子がパァッと弾ける。深更の空に、清廉な光が風に乗って乱舞する。

……綺麗！　これがファルザード様の魔力とザイオンの闇の精魔力が合わさった神精魔力――！

その様子は、圧巻のひと言だった。声をなくし、幻想的な光景に見入る。

銀と紫が入り交じった光のベールが、人も家も、大地も川も、すべてを包み込み、ゆらゆらと揺蕩う。

体の内側から洗われていくかのような錯覚。まるで自分が清らかな存在に新たに生まれ変わったみたいな心地がした。

光のベールが夜空に溶けて消え去った後も、目と心に美しい光の余韻が残る。辺りは静謐な空気に満たされていた。

ファルザード様が夜空に掲げていた両手を下ろし、ホゥッと大きくひと息ついてから、ザイオンに視線を向けた。

「ザイオン、恩に着る」

《なに、こんなのは朝飯前だ》

ファルザード様に軽い調子で答えるザイオンだが、その表情からはやりきったという満足感が垣間見えた。

肌に感じる空気がまるで違っていた。聞かずとも〝病のもと〟が死滅したことを直感した。

すかさずラーラがザイオンに駆け寄る。

《やるじゃん、おじちゃん！》

《なっ！　だから我をおじちゃんと呼ぶでない！》

《うん。本当は、見直した。すごかったよ、ザイオン》

ラーラの素直な賛辞に、ザイオンはピキンッと硬直していた。一見尊大で不愛想なザイオンが、実は純情なハートの持ち主だというのは、ここにいる私たちだけの共通認識だ。

ここでふと、ファルザード様と目線が合う。大きな魔力を使った直後だからだろう、その頬はやや紅潮し、アメジストの瞳はいつもより強い光を宿して輝く。

どことなく艶めいたその姿に、胸がときめく。見ていただけの私の頬にまで、熱が上ってくるのを感じた。

「ファルザード様、素晴らしい瞬間に立ち会わせてもらったことに感謝します。まるで、夢でも見ているかのようでした」

それくらい情緒的で心に深く響く、貴重で得がたい時間だった。

ファルザード様は私の言葉に少し照れくさそうに微笑んで、すぐに表情を引き締めて口を開く。

「すべてはザイオンの闇の精魔力のなせる業だ。ただし〝病のもと〟が死滅しても、病によって落ちた患者たちの体力までは戻せない。体力回復のための闘病は続いていくし、その段階で生きる力が弱い者は亡くなってしまうこともあるはずだ。現実はこれですべて解決とはいかないだろう」

「そうだとしても！　〝病のもと〟を死滅させたとなると、これは大きな……とてつもなく大きな功績です！　ファルザード様とザイオンが国を救ったことに間違いありませんから。胸を張って王都に帰還しなくてどうしますか⁉」

勢い込んで告げる私をファルザード様は驚いたように見ていたが、フッと微笑んで頷いた。

「そうだな。胸を張って王都に帰ろう。約束通り、君も俺の隣に並んでの帰還だぞ」

「えっ！」

「忘れたとは言わせないからな。生涯、俺の隣は君だけの指定席だ」

っ、そうだった！　コクコクと首を縦に振るのが精いっぱい。そんな私をファルザード様が、そしてラーラとザイオンまでもが、やわらかな眼差しで見つめていた。

鐘楼から下りると夜間にもかかわらず、対策本部には補佐官や町長の姿があった。深更の空に広がる神秘のベールを目撃し、駆けつけてきたのだ。

すでに町長のもとには家族の病状が一瞬でなくなったという声が複数届いているという。それらもあって、ファルザード様が語った『〝病のもと〟の死滅』という突飛にも思える内容を、笑う者はいなかった。

皆、ファルザード様とザイオンの起こした奇跡に畏敬尊信の念を示し、彼が提示した今後の指針についても順守を約束してくれた。こうして対策本部の機能は速やかに、正しく現地の指導者らの手に引き継がれた。

そこから東の空が白んでくるのを横目に見つつ、大急ぎで帰還の準備を整え、なんとか日の出と共にアゼリアの町を出発することができた。もともとへサームさん宛ての親書を携えて王都に帰る予定だった使者と、ファルザード様の側役も一緒にアゼリアを後にした。

王都まではスピードを重視して騎馬での帰還だ。

「ゾーイさん、とても有能な方でしたね」

ファルザード様の前に相乗りさせてもらいながら、手綱を握る彼に話を振ったら、なぜか不可解な沈黙が流れる。

「どうかしましたか？」

ファルザード様が現地で登用したという補佐官の青年は、こちらの要求を即座に理解し、話のひとつふたつ先まで読んだ上で答えてきた。打てば響く、頭の回転の速い人だと感心していたのだが、ファルザード様の見解は違うのだろうか。

「いや、たしかに普段から無駄口を叩かなければ、そう評せるかもしれんな」

「あら。寡黙な方かと思いましたが、実はおしゃべりな方だったんですね」

「さてな。もしかすると、しばらくはろくすっぽしゃべらんかもしれん。……憧れの聖女様に恋破れて、ずいぶんと消沈していたようだからな」

馬上というのは、蹄（ひづめ）の音や風を切る音で意外と声が聞き取りにくい。

「すみません、よく聞こえなくて」

「なに、なんでもない。それよりティーナ、寒くはないか？」

台詞の後半がうまく聞き取れずに首を傾げるが、ファルザード様はサラッと流して話題を移した。

「大丈夫です。後ろにファルザード様がいてくれるので、むしろ温かいくらいです」

「そうか」

その後もファルザード様は、乗馬に不慣れな私を気遣いつつ、最速で王都まで駆けた。

翌日の午後には、私たちは人々の大歓声を受けながら王都に帰還した。

アゼリアの方角から王国中に広がった奇跡は、王都の人々も身をもって体感している。その功績をなし遂げたファルザード様を、王都の人々は『新王陛下』と呼び、称賛と敬愛の眼差しで出迎えた。

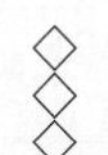

夜の更け渡る頃。空に銀と紫が入り交じった光のベールが揺れた。

ひと目見て、十三年前にファルザードが賊に向けて放った魔力と同じだと分かった。

けれどどうしたことだろうと、同時に疑問も湧いた。

一昨日の夜目にしたものは、当時見たそれと魔力の本質は同じはずなのに、禍々(まがまが)しいばかりだった十三年前のそれとは違い、体の内から洗われていくかのような清々(すがすが)しさを感じたのはなぜなのか。

……あぁ、私はどこで間違えたのだろう。

いとし子を手に入れて魔物を葬り去り、後世に名を残す君主になろうとした。それはそんなにも分不相応で愚かなことだったのだろうか。分からない。

正しいと思っていたのに、結果的にあらゆる選択がすべて凶と出た。

エイムズに説き伏せられ急遽開催した晩餐会の席で、マリエンヌが殊勝な態度で私に『妹は未婚の貴族子女でありながら、酒と賭博に溺れた素行の悪い情夫を持つアバズレです。そんな娘を妃にしてしまって本当によろしいのですか』と囁いた。思えば、あの話に耳を傾けたのがすべての始まりだったような気がしている。

半信半疑だったが、いざ調べてみればマリエンヌの言う『素行の悪い情夫』はたしかに実在し、しかも事もあろうに長く会っていなかった従弟のファルザードだった。ティーナの裏切りに憤怒する私にマリエンヌはふさわしい罰として、死の館での勤労を提案した。

見事な采配だと思った。私は彼女を妄信し、以降、彼女の助言をすべて受け入れるようになった。

マリエンヌは、ひと言でいうと完璧な女だった。美しく機知に富み、それでいて出しゃばらずに私を立て、一緒にいるといい気分になった。

そして、彼女の言葉はいつだって正しかった……いや、正しいと思い込んでいたのだ。

デモ鎮圧に王太子軍を率いての武力制圧はさすがにマズいと感じた。けれど、彼女に王太子権限の行使を許していたのがあだとなり、気づいた時には彼女の一存で出軍指示が出されてしまっていた。

そのマリエンヌは今、私の隣にはいない。いったいどこにいるのか、私にそれを知る術はない。

今日の午後、私は父の私兵を率いてやって来たエイムズに拘束され、今は薄暗い王城の地下でひとり膝を抱えている。彼女はエイムズが現れた時、すでに姿をくらましていた。

私はマリエンヌを愛していたのだろうか？　それもまた、今となっては分からない。

そもそも愛とはなんだ？

母は事あるごとに私に『愛している』と口にした。しかし、母の愛情は条件付きだ。王太子として落第した私に母が「愛している」と囁くことはもう二度とないだろう。

……愚かだな。私はいったいなにをなしたかったのか。なにが欲しかったのか。

今の私には愛も温もりも、希望もなにひとつ残ってない。そのことがひどく寂しい。

どれだけ思考を巡らせてもなんの答えも見つからず、疲弊していくのを感じ始めた。

その時。

——カラカラ。

車輪の音のようなものが段々と近づいてくるのに気づいて顔を上げた。

……車椅子か？　車椅子とそれを押す人影がぼんやりと浮かぶ。

「ジェニス」

薄暗がりの中、目よりも先に機能したのは耳で。それは公務に関わる話題を除けば、ろくすっぽ話をした記憶もない父の声だった。

「……父上？」

声を聞き、その容貌を認めた次の瞬間。目から熱いものがこぼれ落ちた。同時に胸の中の空虚が、ほんの少し温かなもので埋まったような、そんな心地がした——。

【第十章】浮かび上がった姉妹の軋轢

王都に帰還した時、デモはすでに鎮まっていた。

それは単に、ヘサームさんやエイムズ卿の奮闘ばかりが理由ではなく――。

「ファルザードよ、よく戻った。また、これまで儂がそなたにしたひどい仕打ちの数々、誠に申し訳なかった。遅すぎるくらいだが、儂は退位を決め、すでに国民に公表した」

通された王の私室。入室直後に陛下がファルザード様にかけた第一声は、こうだった。

デモが鎮静した最大の要因は、陛下が国民に向けた退位宣言にあったのだ。

小一時間ほど前――。

帰還した私たちが大規模デモと、その後の武力制圧の中心地となった中央広場の横を進んでいると、国王陛下からの親書を携えた使者が接触してきた。

陛下がファルザード様との面会を希望しているという。ファルザード様はそれを許諾し、側役たちふたりを先にヘサームさんのもとに向かわせることにした。

そうして使者に伴われ、その足で王城を訪れた。

──ファルザード様と共に面会した国王陛下は、聞こえてくる悪評とは別人のような殊勝な態度でファルザード様に頭を下げてみせた。

これには私のみならず、ファルザード様もさすがに驚きと戸惑いを隠しきれないようだった。

「陛下、まずは頭を上げてください」

国王陛下は一昨日の夜、〝病のもと〟が体内から消滅した直後から、劇的な回復を見せたという。半月ほど病に伏していた期間があったとはいえ、もともと壮健な人だったのだろう。

今も寝台の上で背もたれに半身を預けた状態ではあるが、とても昨日まで危篤状態だったとは思えない。なにより、真っ直ぐにファルザード様を見つめる目には、みなぎる生気が宿っている。

「この国を、正当なる王位継承者グレンバラ公爵──いや、ファルザード・デリスデンの手に戻したい」

「陛下……」

「十三年前、正当な王位継承者たるそなたから儂が強引に玉座を奪った。けっして賢王にはなれなかったが、そなたやエイムズ卿の力添えもあってなんとか体裁を保ってきた。そのつもりだった。……だが、愚かな儂は、我が子の養育をも誤った。そのつけが回り、王国は崩壊に瀕している。遅すぎることは百も承知。だが、どうかこの国をそなたの手で立て直してはくれまいか」

「謹んでお受けいたします」

ファルザード様の答えに、陛下はホッとした様子を見せた。

「ただし、陛下からの譲位は正当な手順を踏んで行います。移譲期間に王国法典に則(のっと)った最短である一年を設け、正式な陛下の退位式と私の戴冠式をもって、王位をもらい受けましょう」

「なぜだ⁉ 王国史に儂の名は不要だ。国民とて、儂とジェニスの即刻の王籍除名をもって、そなたの世に移行することを望んでおろう」

続くファルザード様の発言に、陛下はうろたえていた。

「あなたの名を王国史に残すことは、それを選んだ私自身への戒めであり、今後の覚悟でもあります。白状すると、あなたを王にしたのは、私でもあるのです。もうご存じかもしれませんが、アゼリアで起こった出来事、あれをなしたのは私です」

「それについては報告を受けている。だが、到底只人ではなしえぬ所業だ。それをどうやって実現させたのか、そこだけが解せぬ」

「アゼリアで放ったのは、私の魔力と精霊の精魔力が合わさった神精魔力。亡き母の魔力が今なお隠し続けていますが、私は精霊の加護を持ついとし子です。そして十三年前、その重みを背負って王位に就くことに怯み、あなたの即位を望んだのです」

「なんと。そなたがいとし子……そういうことだったか。そして王位を奪ったと思っていたのは儂だけで、その実、譲られていたとは。……ははっ、完敗だ。ファルザードよ、そなたこそ王の器だ」

ふたりはしばし視線を絡ませていたが、ふいに陛下がファルザード様の隣にいる私に目を向けた。

「……ティーナ嬢だな？　此度は愚息のジェニスが世話をかけ、申し訳なかった。ジェニスの貴殿への執着に内心で首を傾げていたが、なるほど。貴殿もいとし子であったのだな。薄っすらとだが、清らかな光が見える」

程度の差はあれど、総じて王家の面々は魔力のレベルが高い。現にジェニス殿下は、私のことをひと目でいとし子だと見抜いた。陛下にも、それと分かったようだった。

ちなみに、陛下が私に対して口にした『光が見える』という現象が、ファルザード様にはないそうだ。彼が陛下に語った通り、亡きお母様の目くらましが今なお効いているからだ。

魔力は、想いの強さに多大な影響を受ける。これを聞いた時、私は彼のお母様が我が子に向けた愛の大きさに頭が下がる思いだった。

「はい。光の精霊の加護を得ています。シェルフォード侯爵家が次女、ティーナと申します。けれど、いずれは家名に代えて王国の名を頂くことになると思います。その際は、身命を賭してファルザード様を支えていく覚悟です」

「まさか儂が、歴史上初となる聖人と聖女の国王、王妃の誕生に立ち会うことになろうとはな。儂の治世とは違う、泰平の世が目に浮かぶようだ。して、婚姻式はどうするのだ？」

「法典に則った最短。半年後に」

陛下からの質問に面食らうが、それにファルザード様が横からサラッと返した答えに度肝を抜かれる。

嘘でしょうっ⁉ たしかに、私は彼からの求婚を受け入れた。とはいえ、そんなに早く婚姻するなんて聞いていない。

ギョッとして隣のファルザード様を見ると、動揺する私をよそになんとも涼しい顔で微笑んでいる。その余裕が、ほんのちょっぴり恨めしい。

「さようか。儂の退位の意向と同時に、ジェニスの廃太子とそなたの王籍復帰を国民に告示した。これにより、現在継承権第一位は正式にそなたになっている。新王即位を待ちきれん国民らは、婚姻式を事実上の戴冠式と見做し、さぞ盛り上がることだろう。めでたいこと……っと、いかんな」

陛下の体が傾ぐ。

「陛下!」

すかさずファルザード様が支え、陛下を寝台に横たえる。

「……すまぬ。少々、くたびれた」

「陛下、我々はこれで失礼しますので、もう休まれてください。失われた体力は、すぐには戻りません。今はどうか、養生を最優先に」

「ふむ。この上は一刻も早く回復し、儂の王としての最後の仕事。そなたへの譲位を円滑に進めねばならんからな。そうしよう」

「婚姻式には、当然ながら叔父上の席を用意します。ですので、それまでに全快していてください。では」

ファルザード様に促され、陛下の枕辺から踵を返しかけて、足を止めた。

「陛下。お手をお借りしても?」

「ん？　ああ」

振り返って陛下に尋ねると、陛下は少し訝しみつつ手を差し出してくれた。

私は診療所でほかの患者さんたちにそうしてきたように、その手をキュッと握って囁く。

「陛下が早くお元気になられますように」

聖女の能力を乱用する気はさらさらない。そもそもラーラはザイオンと共に城の前庭で待っており、この場にいない。

けれど、祈りは確実に力になる。大切なファルザード様の叔父様には、長く元気でいてほしいと思った。だから、素直にその心に従った。

そっと手をほどき、見下ろした陛下の顔色は、少しだけよくなっているように見えた。

ファルザード様と目と目で小さく頷き合い、今度こそ陛下の部屋を後にした。

陛下の私室を出てから一時間後。

「ラーラ？　……ラーラ⁉」

私は王城の庭の一角に設えられた薔薇園で、必死にラーラの姿を捜していた。

「ティーナ、いたか⁉」

軍務施設の敷地につながる裏口の方向から駆けてきたファルザード様に問われ、力なく首を横に振る。

「いいえ」

実は、陛下との面会を終えて前庭に戻ってきたら、ここで待っているはずのラーラとザイオンがいなくなっていたのだ。

最初は、面会が予想外に長引いてしまったから、飽きて王城の広い庭を散歩でもしているのだろうと軽く考えていたが、一向に見つからない。

ラーラは精霊だが人の世にやって来て日も浅く、まだまだ未熟な部分もある。なにか重大なトラブルに巻き込まれてしまったのではないかと、気が気でなかった。

「そうか。こちらも軍務施設の方をひと通り確認してきたがいなかった。幾人かに尋ねてみたが、皆見ていないと言う」

「そうですか。いったい、どこに行っちゃったんだろう」

ザイオンが一緒だから、大丈夫だと信じたいけれど……。

「もう一度、前庭の方に回ってみよう。戻ってきている可能性もある」

「はい」

足早にファルザード様と前庭へと向かう。

「もし、これで見つからなかったら――」

ファルザード様が今後について口を開きかけた、その時。

「ここはお前のような者の入ってよい場所ではない！　帰れ！」

なに？　門番の厳しい声が響いた。

「それなら、俺は入らなくてもいい！　その代わり、どうかティーナに伝えてくれよ。街の人たちが城に入っていくのを見たって言っていたんだ。絶対に、ここに来てるはずなんだ！」

あら？　この声は……！

耳にした瞬間、走りだしていた。

「やっぱり！　久しぶりね。どうしてここに？」

たどり着いた正門で、格子越しに門番に食い下がっていたのは、木登りの名手にしてミリアのよきライバルで一番の仲良し。ちょっと腕白だけど、素直で優しい心を持つライアン少年だった。

「ティーナ、よかった！　お願いだ、すぐに来てくれよ！　俺ひとりじゃどうにもできなくてっ！　このままじゃ、あんたのネコが殺されちゃうよ！　ミリアだってどうなっちゃうか……！」

ライアンの口から飛び出した物騒な内容に青くなる。

「どういうこと⁉　いったいなにが……っ」

「待て、詳しいことはミリアたちのもとに向かいながら話そう！　案内を頼む！」

動揺する私の肩をトンッと叩き、ファルザード様が冷静にこの場を仕切る。

「こっちだよ！」

ライアンが頷いて通りを駆けだし、私たちもそれに続く。

息せき切って走りながら、ライアンから聞いた話はこうだった。

ミリアとライアンは逞しくも今回の一件を好機と捉え、デモが完全に鎮静した昨日から中央広場にやって来て、被害を負った商店や民家の片付けを手伝って小遣いを得ていたという。

そして今日も朝から中央広場近くの商店で散乱した商品や汚れた店先の整理をしていたら、ミリアが貴族の女性に声をかけられたらしく……。

「よく分かんないけど、もしかすると知り合いだったのかも。ミリアは俺に『ちょっと出てくる』って言い残して、その女性と出ていったんだ。でも、明らかにヘンな組み合わせだし、なんか異常なくらいふたりの距離が近くってさ。いくら女同士とはいえ、貴族の女性はミリアを自分のケープの中に抱き込むようにして歩いていったから。俺、いったんは見送ったんだけど、どうにも気になって後を追ったんだ」

ミリアと知り合いの貴族女性……。ひどく嫌な予感がした。

「ふたりを追いかけてたどり着いたのはお城だった。女性が門番に紋章かなんかを見せて、ふたりはそのまま中に入ってったけど、平民の俺じゃ入れない。仕方ないから帰ろうかと思ってたら、わりとすぐ出てきたんだ。その時、女性はなぜか尋常じゃないくらい全身の毛を逆立てたティーナのネコを後ろに引き連れてた。相変わらず、ミリアのことは抱き込むような格好のまま」

「その時、俺のネコは一緒にいなかったか？」

すかさずファルザード様が問う。

「ファルザード様のネコって、黒いネコだよね？　いなかった……いや、そういえば少し離れた茂みで黒っぽい影が揺れてるような気がしたんだけど、もしかしたらあれがそうだったのかも」

きっとザイオンは、わざと身を隠しながらミリアたちの後を追っているのだ。

「そうか。それで、その後はどうなった？」

「ミリアとティーナのネコも一緒に、通りで待たせてた馬車に乗り込んだ。不幸中の幸いっていうか、デモの後で道が悪かったから馬車はトロトロしか走れなくて、俺の足でも追いかけられた。それで、馬車が着いたのは北地区の牧場主が所有する屠畜場で」

っ！　屠畜場……っ‼

耳にした瞬間、喉がヒュッと詰まる。

「女性が馬車から降りてきた時、ネコは小型の檻に入れられてた」

……檻。ここまで聞かされれば、嫌でも状況がのみ込める。

その〝ミリアと知り合いの貴族女性〟の狙いは、初めからラーラだった。ラーラは、ミリアを人質にしておびき寄せられたのだ。

バラバラの点が、つながって線になる。そうすれば、自ずと〝ミリアと知り合いの貴族女性〟も浮かび上がってくる。

絶望なのか。恐怖なのか。はたまた悲しみなのか。この時の私の心の状態を、言葉で表すことは困難だった。

「ミリアは馬車に乗せられたままで、降りてこなかった。もしかしたら、降りられないようにされてたのかもしれないけど、車内までは見えなくて。それで、女性は出迎えた牧場主に『伝染病に感染して処分に困っていた。殺処分を引き受けてくれて感謝している』って言いながら、謝礼を渡してた。ネコは謝礼と引き換えに牧場主が受け取って、そのまま屠畜場の方に」

「いやぁっ、ラーラが！　ラーラが死んでしまうっ！」

「しっかりしろ、ティーナ！　ラーラにはザイオンがついている。それにラーラは、すぐには屠殺されん。必ずまだ生きている！」

ファルザード様が、その場に崩れ落ちそうになった私を逞しい腕で支え断言する。

「え？」

「その貴族の女は、食肉でもない小動物の殺処分を、牧場主に特別に依頼した格好だ。しかもその理由が伝染病なら、感染防止の観点からも、ラーラの順番は最後。家畜の屠殺がすべて終わった後だろう。俺たちは間に合う、そして必ず助ける。道が悪いなら、このまま走った方が早い。少しペースを上げるぞ！」

「っ、はいっ！」

ファルザード様は私を半ば持ち上げるようにして、速度を上げた。

「それからミリアについても、おそらくその身に危険はない。よくも悪くも女の狙いはラーラだ。場合によっては、すでに解放されているかもしれん。いずれにせよ、ラーラを救出した後で所在を確認する！」

私とライアンの安堵の声がかぶる。そして彼という存在それ自体が、とてつもなく頼もしい。この瞬間、彼が私と一緒にいてくれたことに、まだ見ぬ神に感謝した。

そうしてたどり着いた牧場。

ファルザード様が先頭になって牧場内を駆け、屠畜場になっている建物の扉を蹴破る。

その瞬間、目に飛び込んできたのは衝撃的な光景。専用の装具に両方の後ろ足をつり上げて逆さづりにされたラーラが、今まさに斧を振り上げた牧場主の手で、喉を切り裂かれようとしていた。

その後のコンマ何秒間かの出来事は、すべてがスローモーションのようであり、瞬きみたいに束の間のようでもあり。

「いやぁーっ‼ ラーラを助けて‼」

「やめろ！」

《ラーラ‼》

《ひぃいぃ〜んっ》

四つの声が重なる。

私は祈りを叫び、ファルザード様は斧を振り下ろす牧場主の手を掴む。

駆けてきたザイオンは振り下ろされる斧とラーラの間に体を滑り込ませ、ラーラは体を【く】の字にして両前足で牧場主の膝のあたりにポフンとパンチを決める。

これらの行動は、すべて同時だった。直後。

「うぁぁあっ！」

牧場主が悲痛に叫びながら飛びのき、斧がファルザード様の手に回収される。

ザイオンが即座にラーラの両足の拘束を歯で噛みちぎり、装具から解放する。ラーラはザイオンの胸に飛び込んだ。

私はそれらを目にした瞬間、カクンと膝から力が抜けてしまい、床にへたり込んだ。

「ティーナ、大丈夫か？」

ファルザード様が斧をサックに戻すと、床に片膝を突いて私を覗き込む。

「はい。ホッとしただけなので大丈夫……あっ⁉」

最後まで答えるよりも前、ファルザード様に背中と膝裏を支えられた。そのままファルザード様は私を横抱きにして、まるで重さを感じさせない動作で立ち上がる。

「あのっ！　重いですから、自分で……！」

「いいや、ダメだ。ここまでも長い距離走って、無理をしたはずだ。……それに俺が、こうしていたい」

ボンッと頬に朱が散って、一気に全身の体温が上がる。

「っ！　……はぃ」

蚊の鳴くような声でコクンと頷いてみせるのがやっとだった。全速力でここに向かって走っていた時よりもさらに、心臓が壊れそうに刻んでいるのを感じた。

ここでふいに牧場主の姿が視界の端を掠める。彼は私たちから少し離れた床に突っ伏し、膝を抱えながらたまにビクビクと体を揺らしていた。

すると、ここまで所在なさげに立ち尽くしていたライアンが気づいて駆け寄っていき、牧場主の背中をさすってやっている。

その様子を眺めながら、既知感が浮かぶ。

……たしか以前にも、これとよく似た状況があった。

ダメージを負うとしたら、ファルザード様に掴まれた手首だと思うのだ。だけどあの時のコック服の男性も、ラーラのネコパンチが当たった場所をかばっているように見えたっけ。ヘンね。

不思議に思ったけれど、今はラーラを無事に助け出せたことに頭も胸もいっぱいで、ただでさえまともに物を考えがたい。

《あちゃー。やっぱり加減が課題よね……ごめんね、おいちゃん？》

それに加えて、ファルザード様に抱き上げられている状況もあり、ザイオンの懐でラーラがこぼしたつぶやきは私の耳を素通りした。

ちなみに、屠殺も理由ある殺処分もなんら罪ではない。私たちは加害者と見せかけてその実、被害者である牧場主に心から謝罪を伝え、心づけを手渡して牧場を後にした。

ファルザード様の読み通り、牧場にほど近い街道で、私たちはすでに解放されていたミリアと無事に合流を果たした。ライアンはミリアの姿を目にした瞬間に駆けていき、きつく胸に抱きしめていた。ミリアは目を瞠り、次いで少し遠慮がちに彼の背中に腕を回していた。

私とミリアの消耗を考慮したファルザード様は、帰路の足に迷わず馬車を選択した。借りてきた馬車の中で、ミリアからここに至るまでの詳細を聞いた。

やはり、〝ミリアと知り合いの貴族女性〟の正体は、お姉様だった。

ジェニス殿下もラーラのことは認識していなかったから、きっとお姉様もラーラが精霊だとは知らなかったはず。ならば、お姉様がこんな犯行に及んだ動機は、単に私への憎しみや敵愾心。大切にしているラーラを奪うことで、私を痛めつけようとしたのだろう。

心が、ひどく痛かった。

そして、言葉巧みに誘い出されたミリアは、途中からお姉様に刃物で脅されていたという。

被害を受けたのも、それで怖い思いをしたのもミリアだ。私に至っては、加害者家族という立場になる。

それなのに、ミリアは目に涙をためて、私の肩を抱きしめてくれた。

「ティーナはティーナだ。お姉さんがしたことと、ティーナは関係ない。あたしはこれからもティーナが大好き」

謝罪を繰り返す私に、ミリアはきっぱりと言いきり、抱きしめる腕に少し力を込めた。その温かさと力強さが、申し訳なくも嬉しくて。

「ありがとう、ミリア。私も大好きよ」

向かいからファルザード様の手も伸びてきて、そっと私の頭を撫でる。私の頭部をすっぽり覆ってしまえる大きな手が与えてくれる安心感と心地よさは手放しがたく、ずっとこうしていてほしいと思った。

するとここでラーラもぴょこんと私の膝の上に乗ってきて、ふわふわの毛とピンクの肉球の可愛い前足で、私の頬をぽふぽふして慰めてくれる。くすぐったい刺激に、自然と頬が緩む。

さらにザイオンまで足もとにやって来たと思ったら、シュッとした漆黒の前足を私の膝のあたりにトンッと置いた。驚いて見下ろすと、銀の瞳がいたわるようにキラリと光った。

「あ、あのさ！ 俺だってティーナのことは大切な仲間だって思ってるからな！」

ファルザード様の隣、斜め向かいの席からかけられた不器用な言葉はライアンのもの。思春期の少年なりの精いっぱいの気遣いにほっこりした。

「君は愛されているな。もちろん、俺も君を――コホン。まぁ、とにかくラーラとミリアが無事でなによりだ」

ファルザード様は、子供たちが好奇で目をキラキラさせて聞き耳を立てているのに気づくと、苦笑してこんなふうに締めくくった。

彼の言葉の続きを実際の声で聞くことはできなかったけれど、私を見つめる慈愛のこもった眼差しからしっかりと感じ取れた。

これから直面するであろう厳しい現実にも、彼が一緒にいてくれればつらくとも、きっと立ち向かってゆける。彼の愛に包まれながら、そんなことを思った。

「ミリア、ライアン、ファルザード様。ラーラにザイオンも、私もみんなのことが大好き！　みんな、今日は本当にありがとう！」

笑顔を作り心からの感謝を伝えると、全員が笑顔を返してくれる。

胸に温かさがじんわりと染みる。気持ちを完璧に切り替えることは困難だが、みんなに癒やされて、確実に思考が前向きになっているのを感じた。

帰路の車内は、みんなの優しさと笑顔に満たされていた。

ミリアたちを孤児院に送ったその足で、私はファルザード様に伴われて十一日ぶりに屋敷に戻った。

「ティーナ！　よく無事に帰ってくれた！」

馬車が到着すると、目を涙で濡らした両親が駆け寄ってきた。

「本当に……！　大変な目に遭っていたというのに、助けてあげることができなくて……不甲斐ない親でごめんなさいっ！」

ファルザード様は中央広場で側役たちと別れる際、両親に私の無事を伝えるよう指示を出してくれていた。その側近から、私が診療所で過ごした日々について聞いたのだろう。

「お父様、お母様、ただいま戻りました。ひと言も告げられないまま、長く留守にしてしまってごめんなさい。ご心配おかけしました」

「なにを謝るの⁉　あなたは被害者でこれっぽっちも悪くないわ！　むしろ、悪いのは……っ」

声を詰まらせるお母様の肩をお父様がそっと支え、ゆっくりと口を開く。

「助けてやれなかったことも。そして妹を死地に追いやるマリエンヌの非道を許してしまった私たちの脇の甘さも、親として本当に情けない限りだ」

「え？」

なぜ、ふたりがお姉様のことを知っているのか。

ふたりは、ラーラが殺されそうになった先ほどの件をまだ知らないはず。ならば、これは私の身に起こった十一日間のことについて言っているわけで。

私はミリアたちを孤児院に送った後、家に着くまでの車内でファルザード様から、お姉様が殿下の意思決定……すなわち私を診療所に向かわせる決定などに関わった可能性があることを聞かされていた。それと同じ内容を、ふたりも誰かから伝えられている?

「情けなくも、私たちはエイムズ卿から仔細を聞かされるまで、お前がかように厳しい状況にやられていることを知らなかったんだ。そして数時間前には、グレンバラ公爵の側役も我が家を訪れ、お前が過ごした十一日間の実情を教えてくれた」

そうか。エイムズ卿から……。

「ティーナ、つらい思いをさせて本当にすまなかった」

いきなりお父様に頭を下げられてギョッとする。

「やめてください! お父様、どうか頭を上げて……!」

私の訴えで頭を上げたお父様が、沈痛な面持ちで口を開く。

「エイムズ卿から聞かされて、私は声を失った――」

お父様の話によると、私が不在にしているのと同じ期間、お姉様も屋敷を空けていたそうだ。お姉様は、エイムズ卿に進言して開催した殿下主催の晩餐会に参加した令嬢たちに声をかけ、王城の離宮でマナー講習会と称した泊まり込みを行っていたのだという。そして両親は、そこに私も参加しているものと疑わなかった。

「マリエンヌの説明を鵜呑みにした。謝っても謝りきれん」

お父様は後悔を滲ませるが、それも責められまい。お姉様は周到で、この宿泊会に王妃様まで巻き込んでいたというのだから。主催が王妃様となれば、それを疑う方が難しい。

「そうだったんですか。ですがお父様、私、よかったと思うんです」

「なにがよかったというんだ？」

「お父様とお母様が私の身を案じて過ごした時間が短く済んで」

「っ、ティーナ……！」

私の言葉が落ち着きを取り戻しかけていたお母様を、再び泣かせてしまう。私は咄嗟にお母様に抱きついてその背をさする。

「あぁ、お母様。どうかこれ以上、私のことでご自分を責めないで。こんなことを言ったら怒られてしまうかもしれないけれど、診療所で過ごした時間は、私の人生においてなにものにも代えがたい貴重なものでした。そこに至った経緯は少々あれですが、私自身の身になるいい経験ができたと、今は素直にそう思えます」

「どうしてこうも姉妹で違うの。同じように愛して、同じように慈しんで育てたつもりでいたのに。それなのに、どうしてあの娘はああも道を踏み外してしまったの……っ」

「やめなさい、それは言っても仕方のないことだ。親として私たちができるのは、どんな結果になろうとも最後までマリエンヌを見守り続けることだ」

「……ええ、そうね。きっとそれが、親としての責任なのでしょうね」

お母様がグッと唇を引き結ぶ。その目には、ある種の決意が浮かんでいた。

ここでお父様が一歩踏み出し、私の頬にそっと手を当てる。

「ティーナ、お前は本当に成長目まぐるしいな。だが、どうか覚えておいてくれ。どんなお前でも、私たちは変わらずにお前を愛しているよ」

私のそれよりも少し色の濃いブルーの瞳は、慈愛に満ちて。

「お父様……っ！」

思わず、お父様の胸に飛び込んでいた。お父様は危なげなく抱き留めて、ほんの幼子をあやすように背中をトントンと叩いてくれた。

年頃になってからは恥ずかしさもあってなかなかこんなふうに抱き合うことはなかったけれど、今はためらわずその胸の広さと温かさを堪能した。

お母様も私の頭を優しく撫で、まなじりに滲んだ涙をそっと拭ってくれる。

私の十一日ぶりの帰還は、悲しい事実を突きつけられもしたけれど、ミリアたちや両親、みんなの愛に包まれた穏やかな締めくくりとなった。

そしてその後は、全員で居間に場所を移した。そこでファルザード様の口から飛び出した結婚宣言で、お父様の表情筋と場の空気が凍りついたのはまた別のお話――。


それから一カ月後。

すべての後処理にひとしきりの区切りが見えてきたこのタイミングで、王城で途中経過報告会が持たれた。

会議室には、ファルザード様と私、エイムズ卿と卿が押す車椅子に乗った陛下、ヘサームさん、そのほか高官や各部門の責任者らが集っていた。

意外な人物としては、その有能さをファルザード様に買われ、国務調整室付きの秘書官として正式に登用されたカロンの姿もあった。

そうして始まった会議では、各所からの報告がどんどん読み上げられ、情報の共有がされていく。

取調責任者から説明されたのは、ジェニス殿下の証言だった。それにより、お姉様がデモの武力制圧に関与したことも明らかになった。

室内はざわめいた。けれど、聞かされても私はもう驚かなかった。

事前にファルザード様から大まかに聞かされていたというのもあるが、私の中でお姉様に対する信頼がすでに地に落ちていたからというのが大きい。

デモ発生の頃にはジェニス殿下はすっかりお姉様に心酔し、頼りきっていたという。同時に彼は、ファルザード様を怖れ怯えてもいた。そんな状況の中で、政治的決断を苦手とする殿下は、あろうことかお姉様に王太子権限の行使を許していたというのだ。

そして王太子軍を動かしたのは、まさかのお姉様。世間の「ファルザード王」待望論の高まりにより、今度こそ私を排し王太子妃に収まれるという目論見が崩れそうな状況に焦ったお姉様が、独断で実行した。……いや、厳密には事後報告し、最終的にはジェニス殿下も同意した格好ではあるのだが。

ほかにも、孤児院が病の発生源であるという噂も、私にまつわる不名誉な噂も、これらを吹聴して回ったのもお姉様。細かいところで言えば、ジェニス殿下に私の情夫の存在を囁いたのも、私を〝死の館〟に送るよう進言したのもやはりお姉様だった。

「歴史に名を残す毒婦だな。しかもその幕引きたるや……」

そうつぶやいたのは、誰だったのか。ただし声にしたのがその人というだけで、今の発言はここに集う全員の心の声だろう。

……そうなのだ。

ジェニス殿下は、正しく咎を負った。これから彼は、長い年月を贖罪に費やすことになる。

けれど、お姉様はそれらすべてをかわした。なんとお姉様は皇太子キファーフ殿下を頼り、隣国シリジャナに亡命し、現在彼の国に暮らしているのだ。

ここで褐色の肌に不遜な笑みを浮かべたヘサームさんが、銀枠のモノクル越しに瞳をキラリと光らせながら口を開く。

「幕引き？……いいえ、幕はまだ下りてはいませんよ」

静まり返った会議場にあって、その声は実際の音量以上によく通った。

この時、私も含め、ヘサームさんのこの発言の真意を正しく理解した者はいなかった。

こうして議会は、お姉様の処遇に関する一点について、多大な消化不良を残したまま閉会となった——。

この後、隣国シリジャナで起こった近隣諸国まで巻き込む泥沼のお家騒動に際し、前皇帝の落胤であったヘサームさんが祖国に帰還。

この騒動を収束させてヘサームさんは皇帝位に就いたのだった。

【第十一章】幸福な未来へ

空が高く澄み渡り、木々の葉が新緑の色に染まる爽やかな初夏。

騒動が収束して一年後。デリスデン王国では戴冠式が執り行われ、国中が新国王誕生の歓喜に沸いた。

その日の夜。新国王となった俺とティーナの姿は、デリスデン王城の地下深く、冷え冷えとした牢(ろう)にあった。ティーナがまとう胸下から切り替えになったゆったりとしたデザインのドレスは、腹部がまろやかな弧を描いて僅かに盛り上がる。婚姻後ほどなく実を結んだ、ふたりの愛の結晶。

木々の葉が緑から赤や黄色に色を変え、王国の大地が豊かな実りを迎える頃。俺は新たな宝を得ることになる。先の戴冠式ではティーナの懐妊も同時に公表したため、国民も二重の慶事を諸手を挙げて喜んでくれていた。

俺は身重の妻の腰を抱いて牢の一番奥まで進み、鉄格子で覆われた個室の前で足を止めた。

「お姉様、体調が優れないと聞きました。お加減はいかがですか?」

ティーナが問いかけると、鉄格子の向こう側で簡素な囚人服を身にまとい、粗末な寝台に腰かけていた女――ティーナの姉のマリエンヌがピクリと肩を揺らし、うつむいていた顔を上げた。

シリジャナの新皇帝、ヘサームから『即位祝いです』という祝福の言葉と共に、マリエンヌの身柄が我が国に強制送還されたのは、ほんの数日前のことだ。

マリエンヌは能面のような無表情でティーナの頭から足先までを見やる。最後に視線をティーナの膨らみかけた腹部のあたりに留め、小さくつぶやく。

「私は遅きに失したのね。もっと早く動くべきだった……そう、たとえばあなたがまだお母様のお腹の中にいるうちに」

耳にした不穏な台詞に、俺の眉間に皺が寄る。

ティーナはうまく聞き取れなかったようで、首を傾げている。するとここで、マリエンヌがティーナに向かい、この場に不釣り合いな笑みを浮かべた。

「体調はまずまずといったところかしら。こんな寒々しい場所にあるわりにはね。時にティーナ、もうじき母になるようだけれど、あなたは知っていて？　赤ん坊にはね、ハチミツを与えてはいけないそうよ」

マリエンヌはティーナからの問いかけに答えた後で、唐突にこんな話題を投げかけてきた。先ほどのつぶやきとは一転、こちらに聞かせる意図を持つしっかりした声だった。

「たしか、ハチミツに含まれる成分が乳児によくないと聞いたことがありますが」

怪訝そうにしつつティーナが答えると、マリエンヌは神妙に頷いた。

「ええ、死亡に至ることもあるんだとか。実は昔、うちではこの件でひと騒動あったのよ。あなたの離乳食に新任の料理人補佐がハチミツを使おうとしているのに侍女長が気づいて『お嬢様を殺す気か』って、それはもう上を下への大騒ぎ。解雇するしないで大揉めになった」

乳児にハチミツを与えてはいけない。これは保育に携わる者の間では、わりと広く知られていることらしい。俺も以前は知らなかったが、ティーナの懐妊に際して育児書を読み漁って知識を得ていた。

だが、それがいったいどうしたというのか。

「でもね、私はあの時の一件を思い返すたび、侍女長も『殺す』だなんてオーバーに騒いだものだと呆れているのよ。だって、実際のところ、あげてもあげても死ななかったもの」

「なっ⁉」

続く言葉にギョッとして目を瞠る。

「あの騒動で、私は自分が毎日飲んでいるハニーミルクのハチミツであなたを消せるのだと知った。それからは毎日あなたの枕辺に通いつめて、それはもう熱心に含ませたの。けれど、あなたは何日経っても、何カ月経ってもピンピンしていた」

「貴様、なんということを……！」

子供部屋という密室で、まだ三つかそこらの幼子が、妹の殺害を目論んでいようなど誰が考えられるだろうか。

幼いティーナがさらされていた悪意。そのあまりのおぞましさに身震いした。同時に、今のマリエンヌからの予期せぬ告白でティーナが負ったであろう心の傷を憂いた。

ところが、見下ろしたティーナは俺の予想に反して凪いだ瞳でマリエンヌを見つめていた。

「とはいえ、あなただって『生まれて』しまっただけなのよね。そう考えると、お母様も悪いわ。今のあなたみたいに膨らみ始めたお腹を愛おしげに撫でながら、私に向かって『あなたにきょうだいが生まれるのよ。いっぱい可愛がってあげてね』だなんて、おかしなことを言うんだもの」

マリエンヌは昔を思い出すように、遠い目をして語る。

一見では正気に思えるが、果たしてその心は本当に正常に機能しているのか。俺には分からなかった。

「そして季節が移ろって、生まれたのが妹のあなた。これまで私の髪を優しく撫でてくれていたお母様の手と優しい眼差しが、私ではないほかへ向いてしまったことに強烈な違和感と耐えがたいほどの嫌悪を覚えたわ。同時に、いなくなればいいって、そう思った。だって、おかしいでしょう？　なぜ、私が可愛がらなければならないの？　可愛がられるべくは『私』であって、ポッと湧いて出た『妹』なんて生き物じゃない。シェルフォード侯爵家の珠玉と称えられるのはね、私だけでいい。珠玉はふたつもいらないの」

到底理解しえぬ身勝手な犯行理由。加えて、悪びれる素振りもないふてぶてしいマリエンヌの姿には、怒りを通り越して呆れる。

「なんと自分本位な」

これ以上直視しているのが耐えがたく、視線をマリエンヌから外して歯噛みしながらこぼした。

「『シェルフォード侯爵家の珠玉』というのは、お姉様の代名詞だわ。私という妹の存在が、お姉様を霞ませることなんてあるはずがなかったのに」

隣でティーナがぽつりと漏らしたこの言葉に、マリエンヌは憎々しげな目を向けた。

「そういうところよ！　謙虚といえば聞こえがいいけど、あなたのそういういい子ちゃんなところが大嫌い。……ただ、愚直と言っていいくらい素直な性格はそう悪くもなかったわ。私が三、四歳の頃のあなたに『誰彼なく愛想を振りまいて媚(こび)を売るなんてみっともないことで、シェルフォード侯爵家の恥だ。気を引こうとしてしつこく絡んでいくあなたみたいな子供、みんな内心ではうっとうしく迷惑に感じている』と教えてあげたら、ならばどうしたらいいかと泣きついてきた」

ここまで動じなかったティーナの瞳が、初めて揺らいだのに気づく。

「私が『これまでと真逆をゆけばいい』と教えてあげたら、翌日からまんまと無味乾燥な出来損ないになったのには笑ったわ。命こそ奪えなかったけれど、これで貴族令嬢としてのあなたは殺せたと、死んだと思った」

「……お姉様」

彼女が長年苦労してきた症状。ティーナはこれまでマリエンヌがその元凶だなどと思い至りもしないようだったが、俺はやはりそうだったかと納得し、内心で毒づく。

きつくマリエンヌを睨みつけ、ティーナを抱く腕に力を込めた。

「それなのに、どうして出来損ないがこの私を差し置いて王妃になんてなっているのよ⁉ そこは誰より、私にこそふさわしい場所なのにまんまと横取って……っ！」

この非公式の接見がほかならぬティーナのたっての希望で実現したもので、彼女が性悪な姉の心ない発言を覚悟していたとしても、さすがにこれ以上愛する妻への暴言は看過できない。

俺がマリエンヌをとがめようと口を開きかけた、まさにその時。横からクイッと袖を引かれ、反射的に口をつぐんだ。見れば、ティーナが俺の腕の中からスッと半歩前に踏み出して言い放つ。

「お姉様は勘違いをしています」

けっして大きな声ではなかったのに、ティーナの凛とした声は無機質な牢にあって実際の音量以上に響いた。

俺もマリエンヌも、見えない引力に引っ張られるようにティーナを見つめていた。

「そもそも私は王妃になりたかったんじゃない。ファルザード様を愛し、共に支え合い、同じ道を歩んでいきたいと思った。その想いを貫いた先にあったのが王妃という地位でした」

姉を前に萎縮していたこれまでとは一変し、己の意思を堂々と口にする彼女の姿を意外な思いで眺める。

「ただし、野心を持って王妃の座を望むことが悪いことだとは思わない。けれどそこには最低限、国を愛し、民を慮り、夫を思いやる心が不可欠なのではありませんか。国民より私欲を優先させた時点で、お姉様はその地位を望む資格を失っているわ」

「勝手なことをっ！　お前に私のなにが分かるというの⁉」

「ええ、私には分かりません。すべてを備え、家族にも使用人たちにも、あんなにも皆から愛されながら、それでもなお愛のなんたるかを理解しえなかったお姉様のことが。……いずれにせよ、今のお姉様は王妃どうこうのそれ以前。武力行使などという手段で国民の命を蔑ろにしたことを、その場所で大いに反省すべきだわ」

「う、うぅっ、うぁあああああっ‼」

ピシャリと言いきられ、マリエンヌはバリバリと頭をかきむしりながら叫びをあげた。

叫喚の中にはティーナへの罵詈雑言（ばりぞうごん）が混じっているようだったが、すでにまともな声になっていない。

……聞くに耐えんな。

俺はティーナの腰を引き寄せて、マリエンヌに背中を向ける。ティーナは俺に促されるまま、静かに従った。

獣のような慟哭がこだまする地下牢を後にして、ふたり並んで廊下を進む。その途中でふいにティーナが足を止めたと思ったら、俺を見上げて唇を開いた。

「……ファルザード様、甘いでしょうか。お姉様に憎まれていると知った今でも、私はお姉様を嫌いになれないんです。不毛な期待かもしれないけれど、それでもいつかお姉様と分かり合える日がくることを願わずにいられない」

そんな『いつか』の未来はこない。ティーナ自身そんな未来があり得ないことは百も承知だろうし、俺も分かりきっていた。

しかしティーナの切ない告白を受けて、俺は彼女の腰を抱くのと逆の手でそっとストロベリーブロンドの髪を撫でながら答える。

「ああ、未来は無限だからな。その中には、君とマリエンヌの進む道が交わる未来だってあるだろうさ」

俺から見れば、けっしていい姉ではない。むしろ人として最低の部類の女と言っていいだろう。しかし、ティーナにとってマリエンヌは十七年間まばゆい憧れであり、優しい自慢の姉だったのだ。

それを否定するつもりはなかった。

耳にした彼女は訳知りにフッと微笑み、子ネコのように俺の胸にコテンと頭をすり寄せた。

「ありがとう、ファルザード様」

かけがえのない最愛の温もりをそっと懐に抱きしめながら、これまでの怒りや憤りとは別の初めての感情が湧き上がる。愛し愛される喜びを端から排除し、自己愛にしか生きられないマリエンヌという女が、ひどく哀れな存在に感じられた――。

戴冠式から一週間が経った。

いまだ戴冠式の興奮冷めやらぬ王都の外れ、東地区のメーン通りからさらに奥に進んだ先にある孤児院には、穏やかな時間が流れていた。

見上げた青く澄んだ空には白い雲がゆっくりと流れ、小鳥たちがさえずりながら飛び交う。初夏の風景だ。

……日差しもだいぶ夏めいてきたわね。

夏の盛りを目前にして、花畑の薔薇は一番花のシーズンを終えていた。私は美しく咲いてくれたことに感謝しつつ、手入れを始めようとして――。

「こら、花がらなら俺が取る。ティーナは座っているんだ」

「きゃっ」

後ろから聞こえてきた声と同時にすくうように抱き上げられて、体がふわりと宙に浮く。すがるものを求めて、咄嗟に逞しい肩に掴まる。

もちろん、彼が絶対に私を落としたりしないことは分かりきっているのだけれど。

「まったく、伸び上がっては危ないじゃないか」

お小言をこぼしながら問答無用で私をベンチへと運んでいくのは、私の愛すべき旦那様。国民からの圧倒的な支持を受けて、絶対王者として君臨するファルザード様だ。

「危ない、ですかね？」

たしかに、少し高いところの花がらを取ろうとしていたが、そんなに危険な行為だろうか?

「ああ、危ないことこの上ない。万が一バランスを崩して転んだりしたらどうするんだ」

首を傾げる私に、ファルザード様がきっぱりと断言する。

「とにかく、ティーナはここで休んでいてくれ」

ファルザード様は私の頭を撫でて言い残し、薔薇のもとに取って返すと、さっそく手入れをし始める。

「……なぁ。ファルザード様ってさ、いつもああなのか？」

少し離れた場所で私たちのやり取りを見ていたミリアがやって来て、耳もとでコソッと囁く。ミリアの眉は下がりきり、明らかに困惑している。

「いつもというか、政務室を一歩出るとああなるわ」

絶対王者は一歩家庭に入れば、こちらの顔がスタンダード。さらに懐妊発覚からこっち、彼の過保護は急加速している。

ちなみに私が今座っているこのベンチは、懐妊が分かった後もここに通い続ける私のために、ファルザード様が手ずから設置したものだ。

ここまで来るのにも、今は彼が手配をかけた馬車を使っている。

「ひぇえ、あたしなら息が詰まりそうだ。……あ。でも、ここに来ること自体をダメだと禁止しないあたり、ちゃんとティーナの気持ちを大切にしてくれてるってことか」

婚姻後もここに通いたい。これは早い段階でファルザード様に伝え、了承をもらっていた。

そうして私はファルザード様との婚姻後も、先日の戴冠式で正式に王妃になった後も、約束通り孤児院通いを続けている。ただし、責任ある立場となったことで公私の別はしっかりつける必要が出てきたため、ここに来るのは公務が休みの日のみ。完璧なプライベートとしての訪問だ。

当然ながら、ここに来る頻度は格段に減ってしまった。そのことを寂しく感じつつ、最近は花の栽培も軌道に乗ってきて、ミリアたちだけで世話をこなせるようになってきていた。私が手を引くのには、きっといいタイミングだったのだ。

「そうね。厳しいことを言っていたとしても、彼は最後にはいつだって私の心を優先して、私の思いに寄り添ってくれる。すごく大切にしてもらっているわ」

そう、出会った時からずっと、ファルザード様は〝私〟を尊重してくれた。ありのままの私をそっくりそのまま受け入れて、愛情を注いでくれる。そんな彼に、何度心救われて、助けられたか分からない。

緘黙の症状はなくなって久しいが、社交の場を遠ざけて過ごしてきた空白の年月はなくならない。王妃として彼の隣に立つには、圧倒的な経験不足は否めなかった。そんな至らない私を、彼が陰になり日向になり支えてくれていた。

今は彼に助けられてばかりの私だけど、必ず彼の隣で彼を支えるに足る立派な王妃になってみせる——！　だからファルザード様、もう少しだけ待っていてください。

薔薇の手入れを進める広い背中を眺めながら、決意を新たにした。

「そっか、愛されてるんだ」

ミリアの口から『愛』という単語がサラッと出てきたことに驚く。

思わず視線を向けると、いつの間にか彼女の横顔からずいぶんと子供っぽさが抜けていることに気づく。ミリアは現在十二歳。着実に大人の階段を上っているようだ。

そして、もしかするとミリアのよきライバルであり、一番の仲良しでもあったライアンとのことで彼女なりに、なにか思うところがあったのかもしれない。

「ティーナはさ、ライアンのその後について聞いた？」

するとミリアは、私が今まさに考えていたライアンのことを話題にした。

「ええ。院長から聞かせてもらったわ。手伝いに行った先で、偶然生き別れになっていたご両親と再会を果たしたそうね」

ミリアは肯定を示すように、ひとつ頷いた。

「ライアンはさ、ここを出ていく時、あたしが十六になったら迎えに来るって言ってくれたんだ。……でも、大商家の後継ぎ息子ってなれば、きっと話はそう簡単なもんじゃないよな」

王侯貴族を相手に手広い商売をしている大商家なら、かなりの財力があり各界との関係性も密だ。その暮らしぶりは下級貴族よりよほど華やかで、婚姻などにも出自や実家の財力など制約が出てきそうではあった。

まさかミリアは、ライアンを慮って身を引こうとしているのだろうか。

私がなんと声をかけたものかと言葉を選んでいたら、ミリアがさらに言葉を続けた。

「あたしさ、決めたんだ」

「え？」

「孤児院育ちの娘が、若旦那に見初められてお嫁入り。そんな紙芝居や絵本でありきたりなサクセスストーリーはあたしの趣味じゃない。だからあたし、いつか絶対に自分で商売を立ち上げる！」

ミリアの宣言に私は目を丸くした。

「売るのは花がいい。だけど、こんなふうに自然任せの地植えじゃなくて、園芸用のガラス室で温度や水も一律で管理して、季節ごとのイベントに収穫の照準を合わせて売る。その方が絶対によく売れるから。そんでもって、ひと財産築いて、世間の信用も手に入れて。それが叶ったら、その時にあたしから求婚しに行ってやるんだ！」

彼女の目覚ましい成長に、私は声をなくしていた。

……見事だわ。

通りで萎れかけた花を握りしめ、尻もちをついて肩を落としていた幼いミリアはもういない。彼女の目はすでに先見の明を持つ立派な商売人のそれだ。

「叶うわ。ミリアなら、その夢をきっと現実にする」

「ティーナにそう言ってもらえると百人力だ。実現できる気がするよ！　ちなみにさ、あたしが商売を始めた時は、王城の晩餐や舞踏会場を彩る花を、きっとあたしの店から買ってくれよな！」

なんと商魂逞しいのか！　ニコニコと邪気のない笑顔で告げられて、油断すればそのまま頷きそうになってしまう。

ミリアの決意は尊敬に値するし、ぜひ協力してあげたい気持ちにもなる。だけど、私だって立派な王妃になると決めたから。

だから心が痛むけれど、ここは公私混同と言われないように、王妃として正しい回答をしなければ……！

「ごめんなさい、ミリア。私は王妃という立場になってしまったから、公平性を欠く行動は取れないわ。王城の花については、花の納品業者選定の募集に正式な手順で応募してちょうだい」

「そっかぁ、残念だけどそれもそうだよな」

ミリアはすんなり納得してくれたようだ。

その時、私たちの頭上にヌッと影がかかり、見上げるとファルザード様が立っていた。

「ファルザード様！」

どうやら花の手入れにひと区切りついて、彼もこちらにやって来たようだ。

「晩餐や舞踏会場の花についてはティーナが伝えた通りだ。だが」

私たちの話を漏れ聞いたようで、ファルザード様はミリアに向かってこんなふうに切り出した。そしてさらに、言葉を続ける。

「俺たちの主寝室と居間、我が子の部屋に飾る花はぜひ君の店で買わせてもらおう。それから、ティーナとの記念日を彩る花も特別豪華なのを頼む」

……え。

ギョッとして彼を仰ぎ見る。

「それほんと⁉」

「ああ、本当だ」

「やったー‼　約束だよ、ファルザード様！」

「……それは、よろしいのですか？」

両手を上げて喜ぶミリアをよそに、私は少し怪訝に思いながら尋ねた。

「王妃として公正であろうという君の心がけは立派だが、私室を彩る備品や私的な品に関しては、己の趣味嗜好で選ぶくらいの自由があっていいと俺は思っている」

なるほど。王であるファルザード様がそれをよしとするのなら、もちろん私に否やはない。

なにより、私的に楽しむこと前提でミリアの花を選んでいいのなら、私とて喜んでそうしたい。

「そうですか。どうやら完璧な王妃を意識しすぎて、肩肘張っていたようです」

「まぁ、それもなくはないが。だが、なにより俺が、君が一番喜ぶものを選びたい。きっと君は、ミリアの店の花をほかのなにより喜んでくれるはず。ならば、これを購入しない手はない」

耳にして、驚きと喜びが胸の中で交錯した。こんな台詞をサラリと口にするなんて反則だ。

……だって、こんなことを言われたら、もっとファルザード様のことが好きになってしまう。

今だって、心臓が苦しいくらいに鼓動を刻んでいるというのに、彼はどこまで私を虜にすれば気が済むのか。速くなった脈も、のぼせたみたいに赤くなった頬も、しばらく落ち着いてくれそうにない。

「わっ！ やっぱり愛されてるね、ティーナ！」

茶化すミリアをほんの少し恨みがましく思いながら、ポンッと頭頂にのせられたファルザード様の大きな手に、そっと頭をすり寄せた。

だってそう、今はプライベートな時間だから。こんなふうに甘えても、誰にも文句は言わせない。

「……あれ。そう言えば、今日ってふたりのネコはどうしたの？」

思い出したようにミリアが口にした質問に、私とファルザード様は揃って顔を見合わせた。

「ハネムーンだ」

「は？」

ファルザード様の答えに、ミリアは鳩が豆鉄砲を食ったような顔をした。

ネコがハネムーンって……。ファルザード様ももう少し言いようがあるだろうに。

苦笑しつつ、フォローする。

「ふふっ。あの二匹も新婚さんなの。それで今、二匹は蜜月を満喫中よ」

そうなのだ。ザイオンとラーラもついに人間でいうところの夫婦になったのだ。

ちなみに求婚は、肝心要で煮えきらないザイオンに痺れを切らしたラーラからだったらしい。ラーラは《腰抜けなところが好きなの》と、いつかと正反対のことを言っていた。

この発言は、そっと私の胸に留め置いた。

「へーっ！　なるほどね、あの二匹もよく引っついていたもんな。そっか、新婚さんか〜。きっとそのうち、可愛い子ネコが生まれるかもな！」

二匹のもとに生まれるとしたら本当は卵なのだが、大切な愛の結晶という意味で大差はない。

無意識にファルザード様との愛の結晶が宿るまろい膨らみに手をやれば、偶然同じタイミングで伸びてきたファルザード様の手がそれに重なった。

……嘘。示し合わせたわけでもないのに。

重なる手と手に、重なる想い。あふれるほどの愛おしさに、ジンと胸が熱くなった。

「ええ、きっとさぞ可愛いでしょうね」

精霊が実は卵生であることは内緒にして微笑んだ。ミリアもファルザード様も、明るい話題に笑みを浮かべていた。

その時、吹き抜けていく初夏の風が新緑に染まった木々の葉を揺らし、私たちの頬を優しく撫でる。爽やかに香るその風に、私は無意識のまま大好きなみんなの笑顔を思いながら祈りを込めた。

デリスデン王国に住まうすべての人が、大切な誰かと共に愛と笑顔にあふれた日々を送れますように——。

END

あとがき&お礼小話

ミリアの営む花屋から買いつけた可憐な花々が彩る王城の国王一家の私室。私とファルザード様の視線の先で、ラーラとザイオンが肩寄せ合って一心に籠の中を見つめていた。やわらかな布が敷き詰められた籠の中央に置かれているのは、金と銀が入り混じった神秘的な色をした握り拳ほどのサイズの卵だ。淡く発光するそれが、ただの卵でないことは誰の目にも明らかで。全員が固唾をのんで見守っていたその時——。

「父様、母様、もう生まれちゃった⁉」

パリパリと音がして神秘の卵に亀裂が走りだすのと同時に、勢いよく扉が開く。回廊から息せき切って駆け込んできたのは、私とファルザード様の愛の結晶。十五歳になった長男ウィルザードだ。

《これ、チビ助。声が高いぞ。まったく騒々しい奴だ》

「おい、ザイオン。僕だっていつまでもチビ助じゃないぞ。来年には成人の十六歳だ」

ウィルザードがザイオンの言葉に反論した。そう。ウィルザードは生まれつき、精霊の言葉を意味あるものとして理解していたのだ。これが意味するところは——。

《はて。成人したからとて、チビはチビだと思うがな》

《こーら、ザイオン。そういう石頭なところがおじちゃんだって言うのよ。さ、ウィル坊。ちょうどこれから生まれるところよ、いらっしゃい》

背中に羽も生え、円熟したラーラが、二匹の愛の結晶を示しながら手招く。ウィルザードは勝ち誇ったようにザイオンを一瞥してから籠にかじりついた。しばらくの後、パリーンと小気味よい音がして卵が真っ二つに割れ、中から薄桃色の子ネコが現れた。

生まれた直後できょとんとした様子の精霊に、ウィルザードが満面の笑みを向ける。

「はじめまして、僕の精霊。君は愛の精霊だね。僕はウィルザード、君のいとし子だ」

「守護精霊に自分から自己紹介をするいとし子など前代未聞。史上初だろうよ」

「ええ。親子二代で精霊から加護を授かるだなんて。本当に奇跡だわ」

デリスデン王国にもたらされた愛の奇跡。年を重ねいっそう凜々しさと重みを増して素敵になった最愛の旦那様、ファルザード様と私は見つめ合い、互いに微笑んだ。


本編その後の一幕でした。最後までお読みいただきありがとうございました！

友野紅子

友野紅子先生への
ファンレターのあて先

〒104-0031
東京都中央区京橋1-3-1
八重洲口大栄ビル7F
スターツ出版株式会社　書籍編集部　気付
友野紅子先生

本書へのご意見をお聞かせください

お買い上げいただき、ありがとうございます。
今後の編集の参考にさせていただきますので、
アンケートにお答えいただければ幸いです。

下記URLまたは二次元コードから
アンケートページへお入りください。
https://www.ozmall.co.jp/enquete/IndexTalkappi.aspx?id=2301

拝啓、親愛なるお姉様。裏切られた私は王妃になって溺愛されています

2024年5月10日　初版第1刷発行

著　者　友野紅子
© 友野紅子 2024

発行人　菊地修一

デザイン　カバー　アフターグロウ
フォーマット　hive & co.,ltd.

校　正　株式会社鷗来堂

発行所　スターツ出版株式会社
〒104-0031
東京都中央区京橋1-3-1　八重洲口大栄ビル7F
TEL　03-6202-0386（出版マーケティンググループ）
TEL　050-5538-5679（書店様向けご注文専用ダイヤル）
URL　https://starts-pub.jp/

印刷所　大日本印刷株式会社

Printed in Japan

乱丁・落丁などの不良品はお取替えいたします。
上記出版マーケティンググループまでお問い合わせください。
定価はカバーに記載されています。

ISBN 978-4-8137-1584-9　C0193

ベリーズ文庫　2024年5月発売

『女嫌いの天才脳外科医が激愛に目覚めたら～17年間ナシだったのに、容赦なく独占されてます～』　滝井みらん・著

真面目OLの優里は幼馴染のエリート外科医・玲人に長年片想い中。猛アタックするも、いつも冷たくあしらわれていた。ところある日、無理して体調を壊した優里を心配し、彼が半ば強引に同居をスタートさせる。女嫌いで難攻不落のはずの玲人に「全部俺がもらうから」と昂る独占愛を刻まれていって…!?

ISBN 978-4-8137-1578-8／定価759円（本体690円＋税10%）

『クールな御曹司と初恋同士の想い想われ契約婚～愛したいのは君だけ～』　惣領莉沙・著

会社員の美緒はある日、兄が「妹が結婚するまで結婚しない」と誓っていて、それに兄の恋人が悩んでいることを知る。ふたりに幸せになってほしい美緒はどうにかできないかと御曹司で学生時代から憧れの匠に相談したら「俺と結婚すればいい」と提案されて!?　かりそめ妻なのに匠は蕩けるほど甘く接してきて…。

ISBN 978-4-8137-1579-5／定価748円（本体680円＋税10%）

『契約夫婦はここまで、この先は一生溺愛です～エリート御曹司はひたすら愛して逃がさない～【極甘婚シリーズ】』　未華空央・著

恋愛のトラウマなどで男性に苦手意識のある澪花。ある日たまたま訪れたホテルで御曹司・蓮斗と出会う。後日、澪花が金銭的に困っていることを知った彼は、契約妻にならないかと提案してきて!?　形だけの夫婦のはずが、甘い独占欲を剥き出しにする蓮斗に囲われていき…。溺愛を貫かれるシンデレラストーリー♡

ISBN 978-4-8137-1580-1／定価748円（本体680円＋税10%）

『別れを決めたので、最後に愛をください～60日間のかりそめ婚で御曹司の独占欲が溢れ出す～』　森野りも・著

OLの未来は幼い頃に大手企業の御曹司・和輝に助けられ、以来兄のように慕っていた。大人な和輝に恋心を抱くも、ある日彼がお見合いをすると知る。未来は長年の片思いを終わらせようと決心。もう会うのはやめようとするも、突然、彼がお試し結婚生活を持ちかけてきて！未来の恋の行方は…!?

ISBN 978-4-8137-1581-8／定価748円（本体680円＋税10%）

『離婚前提婚～冷徹ドクターが予想外に溺愛してきます～』　真彩-mahya-・著

看護師の七海は晴れて憧れの天才外科医・圭吾が所属する循環器外科に異動が決定。学生時代に心が折れかけた七海を励ましてくれた外科医の圭吾と共に働けると喜んでいたのも束の間、彼は無慈悲な冷徹ドクターだった！　しかもひょんなことから契約結婚を持ち出され…。愛なき結婚から始まる溺甘ラブ！

ISBN 978-4-8137-1582-5／定価748円（本体680円＋税10%）